Aus Freude am Lesen

Marie und der Erzähler machen Liebe, zur gleichen Zeit, nur nicht miteinander. Sie sind in Paris, seit ihrer Trennung in Tokio ist der Erzähler ein paar Straßen weiter gezogen. Es ist eine glutheiße Sommernacht, und das eigentliche Drama steht noch bevor. Ein Mann wird sterben. Jener reiche Pferdebesitzer, den Marie in Tokio kennengelernt und mit dem sie fluchtartig Japan verlassen hat. Zahir, eines seiner Rennpferde, ist in einen Skandal verwickelt und muss aus dem Land geschleust werden, eine abenteuerliche Nacht- und Nebelaktion, in der Zahir den gesamten Tokioter Flughafen lahmlegt. Der Erzähler wird seiner Marie noch völlig unerwartet in dieser stürmisch-heißen Pariser Nacht in ihrer Wohnung begegnen und damit ein weiteres Kapitel jener unglaublichen Leidenschaft aufschlagen, die sie beide seit Jahren so schicksalhaft verbindet, an dessen Ende sich beide auf Elba in einer dramatischen Nacht wiedervereinigen.

Der Belgier JEAN-PHILIPPE TOUSSAINT, geboren 1957, ist Schriftsteller, Drehbuchautor und Regisseur und gilt als einer der größten Stilisten der französischen Gegenwartsliteratur. Er lebt abwechselnd in Brüssel und auf Korsika.

JEAN-PHILIPPE TOUSSAINT BEI BTB
Badezimmer. Roman. (73470)
Der Photoapparat. Roman. (73566)
Sich Lieben. Roman. (73471)
Fliehen. Roman (73801)

Jean-Philippe Toussaint

Die Wahrheit über Marie

Roman

Aus dem Französischen
von Joachim Unseld

btb

Die Originalausgabe erschien unter dem Titel »La verité sur Marie« 2009 bei Les Éditions de Minuit, Paris.

Die Übersetzung dieses Werkes wurde gefördert durch die Communauté française de Belgique.

Verlagsgruppe Random House FSC-DEU-0100
Das für dieses Buch verwendete
FSC®-zertifizierte Papier *Lux Cream*
liefert Stora Enso, Finnland.

1. Auflage
Genehmigte Taschenbuchausgabe Oktober 2012,
btb Verlag in der Verlagsgruppe Random House GmbH, München.

Umschlaggestaltung: semper smile, München nach einem Entwurf von Laura J. Gerlach, Frankfurt am Main
Umschlagmotiv: © Mel Curtis, Photodisc/ Getty Images
Druck und Einband: CPI – Clausen & Bosse, Leck
MM · Herstellung: BB
Printed in Germany
ISBN 978-3-442-74433-6

www.btb-verlag.de
Bitte besuchen Sie auch unseren LiteraturBlog www.transatlantik.de.

Frühling-Sommer

I

Später, als ich an die dunklen Stunden dieser glutheißen Nacht zurückdachte, wurde mir bewusst, dass wir beide, Marie und ich, damals im gleichen Augenblick Liebe gemacht hatten, nur nicht miteinander. Zu einer bestimmten Zeit derselben Nacht – die erste Hitzewelle des Jahres war brutal über die Stadt hereingebrochen, drei Tage hintereinander herrschten in Paris Temperaturen von bis zu 38 Grad Celsius und nie unter 30 Grad – machten Marie und ich Liebe, in Appartements, die kaum einen Kilometer Luftlinie voneinander entfernt lagen. Zu Beginn des Abends konnte sich natürlich keiner von uns beiden vorstellen, auch nicht später, zu keinem Moment, es war schlicht unvorstellbar, dass wir in dieser Nacht aufeinandertreffen würden, dass wir noch vor dem Morgengrauen zusammen sein, wir uns in dem dunklen, förmlich auf den Kopf gestellten Flur unserer Wohnung sogar kurz umarmen würden. Aller Wahrscheinlichkeit nach, angesichts der Uhrzeit, zu der Marie in die Wohnung zurückgekehrt ist (in unsere Wohnung oder vielmehr *in ihre Wohnung,* man müsste jetzt sagen *in ihre Wohnung,* weil wir seit fast vier Monaten nicht mehr zusammenwohnten), und angesichts der fast identischen Uhrzeit, zu der ich in meine kleine Zweizimmerwohnung zurückkehrte, in die ich nach unserer Trennung gezogen war, nicht allein, ich war nicht allein – mit wem ich zusammen war, spielt keine Rolle, darum geht es hier nicht –, dürfte es zwanzig nach eins, höchstens halb zwei morgens gewesen sein, als Marie und ich in dieser Nacht in Paris Liebe machten, beide leicht betrunken, mit heißen Körpern im Halbdunkel bei weit geöffneten Fenstern, durch die doch kein Lufthauch ins Zimmer drang. Die Luft war stickig und drückend schwül, es herrschte eine fast fiebrige Temperatur, die die Atmosphäre nicht abkühlte, dafür aber die Körper stärkte, auf denen die Hitze selbstherrlich und schwer lag. Es war etwa zwei Uhr morgens – ich weiß es, denn ich habe auf die Uhr gesehen, als das Telefon klingelte. Aber ich will, was die genaue Abfolge der Ereignisse jener Nacht betrifft, lieber vorsichtig sein, denn immerhin geht es um das Schicksal eines Mannes, um seinen Tod, lange hatte man nicht gewusst, ob er überleben würde oder nicht.

Ich habe sogar seinen richtigen Namen nie wirklich gekannt, ein Name mit Bindestrich: Jean-Christophe de G. Marie war nach einem gemeinsamen Abendessen mit ihm ins Appartement in der Rue de La Vrillière gegangen, es war die erste Nacht, die die beiden zusammen in Paris verbrachten, sie hatten sich im Januar in Tokio auf der Vernissage von Maries Ausstellung im *Contemporary Art Space* von Shinagawa kennengelernt.

Es war kurz nach Mitternacht, als sie das Appartement in der Rue de La Vrillière erreichten. Marie hatte eine Flasche Grappa aus der Küche geholt, und sie setzten sich mit lässig ausgestreckten Beinen ins Schlafzimmer aufs Parkett am Fußende des Bettes, mitten in ein Durcheinander aus Polstern und Kissen. Es herrschte eine schwere, stockende Hitze in der Wohnung der Rue de La Vrillière, wo die Fensterläden seit dem Vorabend geschlossen waren, als Schutz vor der Hitze. Marie hatte das Fenster weit geöffnet und im Halbdunkel sitzend den Grappa eingeschenkt, sie beobachtete, wie die Flüssigkeit durch die versilberte Dosierungsvorrichtung der Flasche langsam in die Gläser floss, und spürte sofort, wie das Aroma des Grappas ihr zu Kopfe stieg, sie nahm in Gedanken den Geschmack vorweg, bevor die Zunge ihn erkundet hatte, diesen parfümierten, fast likörartigen Grappageschmack, eine Erinnerung, die sie seit mehreren Sommern in sich trug und unweigerlich mit Elba assoziierte, eine Erinnerung, die unvermittelt und unerwartet in ihr Bewusstsein stieg. Sie schloss die Augen und nahm einen Schluck, beugte sich hinüber zu Jean-Christophe de G. und küsste ihn mit feuchtwarmen Lippen, mit einer plötzlichen Empfindung von Frische und Grappa auf der Zunge.

Einige Monate zuvor hatte sich Marie auf ihrem Laptop eine Software installieren lassen, mit der sie völlig illegal Musikstücke aus dem Internet herunterladen konnte. Ausgerechnet Marie, die als Erste mit Erstaunen reagiert hätte, wäre sie auf den kriminellen Charakter dieser Praktiken aufmerksam gemacht worden, Marie, meine Piratin, die ansonsten ein Vermögen für einen Stab von Wirtschaftsanwälten und weltweit agierenden Juristen ausgab, um gegen die Fälschungen ihrer Marken in Asien vorzugehen, Marie erhob sich, schritt durch den Halbdämmer des Zimmers und lud auf ihren Laptop eine sanfte, langsame Tanzmusik herunter. Sie suchte sich einen alten Slow aus, der ihr für den Moment passend erschien, so einen kitschigen Schmachtfetzen (ich fürchte, wir hatten denselben Geschmack), und begann, im Schlafzimmer für sich allein zu tanzen, sie knöpfte sich die Bluse auf, kam zum Bett zurück, wobei sie mit den Armen schlangenartig arabisch anmutende Arabesken improvisierte. Sie setzte sich wieder neben Jean-Christophe de G., der mit seiner Hand zärtlich unter ihre Bluse fuhr, doch Marie bäumte sich plötzlich auf und stieß ihn mit einer ebenso verzweifelten wie uneindeutigen Gebärde von sich, was ein einfaches »Hände weg« bedeuten konnte, eine unmittelbare Reaktion, als sie seine lauwarme Hand auf ihrer nackten Haut spürte. Ihr war zu heiß, Marie war es zu heiß, sie starb vor Hitze, sie fühlte sich klebrig, sie schwitzte, ihre Haut war nass, die im Raum stehende stickige Luft zu atmen fiel ihr schwer. Sie sprang auf, stürmte aus dem Zimmer und kam aus dem Salon mit einem Ventilator zurück, den sie am Fußende des Bettes anschloss und sofort auf höchste Stufe stellte. Der Ventilator setzte sich langsam in Bewegung, die Rotoren gerieten schnell in ihren festen Rhythmus, lärmend und pulsierend bliesen sie Luftwirbel in den Raum, die in ihre Gesichter peitschten und ihre Haare vor den Augen tanzen ließen, er musste mit einer Haarsträhne kämpfen, die vor seiner Stirn flatterte, und sie hielt mit gesenktem Kopf ihre offenen Haare in den Luftstrom, was sie wie eine Irre oder eine Meduse aussehen ließ. Marie mit ihrem so strapaziösen Hang zu geöffneten Fenstern, geöffneten Schubladen, offenen Koffern, ihrem Hang zu Unordnung und Schlamperei, zu heillosem Durcheinander, Chaos, Wirbelwinden und stürmisch bewegter Luft.

Sie hatten sich schließlich ausgezogen und im Halbdunkel umarmt. Marie, am Fußende des Bettes, rührte sich nicht mehr, sie war in den Armen von Jean-Christophe de G. eingeschlafen. Der Ventilator drehte sich wie in Zeitlupe und wälzte schwülwarme Luft durchs Zimmer, die sich mit der gewittrigen Luft der Nacht von draußen vermischte. Im Zimmer war es still, nur das bläuliche Licht der Kontrolllampe des Laptops brannte, der Bildschirm hatte sich ausgeschaltet. Jean-Christophe de G. befreite sich behutsam aus Maries Umarmung und stand, nackt, ruckartig auf; schwer stützte er sich mit den Händen ab und ging, ohne ein Geräusch zu verursachen, über das alte Parkett zum Fenster und schaute auf die Straße. Paris erstickte an der Hitze, es mussten noch mindestens 30 Grad sein, obwohl es schon fast ein Uhr morgens war. Aus einer den Blicken verborgenen Bar, die noch geöffnet war, drangen Stimmfetzen aus der Tiefe der Nacht. Autos fuhren im Lichthof ihrer Scheinwerfer vorüber, ein einsamer Fußgänger überquerte die

Straße in Richtung der Place des Victoires. Auf dem gegenüberliegenden Bürgersteig erhob sich stumm die massive Fassade der Banque de France. Das schwere Eingangsportal aus Bronze war verschlossen, nichts ringsherum bewegte sich, und plötzlich fühlte sich Jean-Christophe de G. von einer dunklen Vorahnung gepackt, in ihm wuchs die Überzeugung, dass in der Ruhe dieser gewittrigen Nacht noch etwas Dramatisches geschehen, dass er von einem Augenblick zum nächsten Zeuge einer plötzlichen Woge der Gewalt, des Entsetzens und des Todes werden würde, dass hinter den Mauerwänden der Banque de France Alarmsirenen aufheulen würden und die Straße unten Schauplatz von Verfolgungsjagden, von Schreien und Schlägen, von zuschlagenden Autotüren und von Schüssen sein würde, die Fahrbahn plötzlich voller Polizeifahrzeuge, deren Blaulichter die Hausfassaden mit ihren rotierenden Lichtern anstrahlen.

Jean-Christophe de G. stand nackt am Fenster des Appartements der Rue de La Vrillière und starrte mit einer unbestimmbaren Unruhe und einer wachsenden Beklemmung in der Brust in die Nacht hinaus, als er in der Ferne am Himmel ein Wetterleuchten wahrnahm. Ein scharfer Windstoß fuhr ihm über Gesicht und Oberkörper, und er bemerkte, dass sich der Himmel über dem Horizont tiefschwarz verfärbt hatte, nicht zu einem durchscheinend bläulichen Schwarz einer schönen Sommernacht, sondern zu einem dichten, bedrohlichen, opaken Schwarz. Gewaltige Gewitterwolken trieben auf das Viertel zu und türmten sich unerbittlich auf, verschluckten die letzten Reste des klaren Himmels, die noch über den Gebäuden der Banque de France zu sehen waren. Erneut sah er ein Wetterleuchten in der Ferne, über der Seine, aus der Richtung des Louvre, stumm, fremdartig, dunkel und hell gestreift, unheilverkündend, ohne Blitz und Donnergrollen, eine langgezogene, horizontale elektrische Entladung, die den Himmel auf einer Länge von Hunderten von Metern aufriss und den Horizont in Stößen von Weiß, lautlos, ergreifend, erhellte.

Unvermittelt drang mit einem heftigen Wirbel kühlere Luft ins Zimmer. Marie spürte mit einem leichten Schauder, wie der erfrischende Wind über ihren Rücken strich, und flüchtete sich unter die Bettdecke, umwickelte fest ihre Schultern. Sie zog ihre Strümpfe aus und warf sie ans Bettende, während Jean-Christophe de G. begann, sich im Zwielicht wieder anzuziehen, er zog sich an, und sie zog sich aus, es waren dieselben Bewegungen und doch so verschiedene Ziele. Er zog sich seine Hose wieder an und streifte sein Jackett über. Bevor er ging, setzte er sich noch einmal für einen Augenblick neben Marie an das Kopfende des Bettes. Er küsste sie im Halbdunkel auf die Stirn und berührte leicht ihre Lippen, aber die Küsse dauerten länger als die eines einfachen Abschieds, sie zogen sich in die Länge, wurden fiebriger, sie umarmten sich erneut, bis er schließlich zu ihr ins Bett unter die Decke kroch, mitsamt seinen Kleidern, seinem schwarzen Leinenjackett, seiner Leinenhose, er presste sich dicht an sie, ließ dann die Aktentasche, die er immer noch in der Hand hielt, los, um Marie zu umarmen. Sie lag nackt an ihn gedrückt, und er berührte sanft ihre Brüste, und als er ihr Seufzen hörte, streifte er ihren kleinen Slip über ihre Schenkel, Marie war ihm dabei behilflich, wand sich in ihrem Bett, Marie, die keuchend und mit geschlossenen Augen den Reißverschluss von Jean-Christophe de G.s Hose öffnete, hastig, aber entschlossen sein Glied herausholte, mit einer gewissen Dringlichkeit, mit einer festen und doch gleichzeitig zärtlichen Bewegung, so, als wüsste sie genau, worauf sie hinauswollte, doch dann, am Ziel angekommen, wusste sie plötzlich nicht weiter. Erstaunt öffnete sie die Augen, schlaftrunken, betäubt von Alkohol und Müdigkeit spürte sie, dass sie vor allen Dingen eines wollte, Schlaf, das Einzige, worauf sie im Moment wirklich Lust hatte, war zu schlafen, und sei es in den Armen von Jean-Christophe de G., aber nicht notwendigerweise mit seinem Schwanz in der Hand. Sie hielt inne, aber da sie irgendetwas mit dem Schwanz von Jean-Christophe de G., den sie immer noch in der Hand hielt, anfangen musste, schüttelte sie ihn, entgegenkommend, ein- oder zweimal, wie aus Neugierde, recht sanft, hielt ihn umschlossen und bewegte ihn und musterte neugierig und interessiert das Resultat. Was erwartete sie, dass er steif wurde? Marie hielt den Schwanz von Jean-Christophe de G. in der Hand und wusste nicht, was sie damit anfangen sollte.

Marie war schließlich eingeschlafen. Sie war für eine Weile eingenickt, oder war er es, der zuerst eingeschlafen war, sie bewegten sich kaum in der Dunkelheit, küssten sich weiter, mit Unterbrechungen, in einem von beiden geteilten Halbschlaf dämmerten sie in den Armen des anderen vor sich hin, tauschten flüchtig schlafwandlerische Liebkosungen aus (und das nennt man, sich die ganze Nacht lieben). Marie hatte die oberen Knöpfe von Jean-Christophe de G.s Hemd geöffnet und streichelte geistesabwesend seine Brust, er ließ sie gewähren, ihm war heiß, er schwitzte so völlig angezogen unter der Bettdecke, sein Glied, unmerklich steif, im Stich gelassen, ragte einsam aus der Hose, noch erregt von Maries spärlichen Zärtlichkeiten, während Marie ihre Hand unter sein verschwitztes und verknittertes Hemd schob, dessen offene Enden kraftlos an ihm herunterfielen. Sie küsste ihn sanft, auch sie schwitzte leicht, ihre Schläfen glühten, ohne sich vorzusehen, begann sie, seine Taschen zu durchsuchen, ließ ihre Hand in die Taschen seines Jacketts gleiten, voller Neugier, was dieser starre Gegenstand mit den harten Konturen sein konnte, der ihr bei seinen Umarmungen auf die Hüfte drückte. Eine Waffe? Konnte es wahr sein, dass in der Tasche seines Jacketts eine Waffe war?

In diesem Moment schloss sich langsam das Fenster, schlug dann mit einem heftigen Schwung wieder auf, dass Glas und Rahmen erzitterten, mit einem Mal fielen schwere Regentropfen auf die Straße. Marie sah im Geviert des Fensters, wie der Regen in der Nacht in Strömen herunterprasselte, ein schwarzer Regenvorhang, der vom Wind stoßweise seitlich und in Wirbeln durch die Strahlenbündel der Straßenlaternen gepeitscht wurde. Gleichzeitig ertönte mehrere Male hintereinander ein Donnergrollen, und der Himmel wurde schlagartig erleuchtet durch ein baumartiges Netz mit vielfachen Verästelungen. Die Heftigkeit des Regens nahm zu, einzelne Tropfen begannen ins Zimmer zu fallen, prallten von den Fensterscheiben und vom Parkett. Marie fühlte sich sicher unter ihrer Decke, geschützt vor dem Unwetter, nackt, wie sie war, ihre Sinne waren durch die Dunkelheit geschärft, ihre Augen schimmerten im Licht der Blitze, sie gab sich mit Lust der erotischen Dimension des Vergnügens hin, ein solches Unwetter im Schutz eines Bettes genießen zu können, mit weit in die Nacht geöffnetem Fenster, wenn der Himmel aufreißt und die Elemente außer Rand und Band geraten. Manchmal ließen die Blitze sie hochfahren, steigerten durch ihr Erschrecken nur noch mehr ihr sinnliches Vergnügen, sich drinnen im warmen Bett zu wissen, während draußen der Sturm tobte. Doch anders als die heftigen Unwetter der Spätsommer auf Elba, die die Luft reinigen und sofortige Erfrischung bringen, hatte das Gewitter dieser

Nacht etwas Tropisches und Ungesundes, so als hätte der Regen die Temperatur nicht senken können, und die Luft, noch immer feuchtigkeitsschwanger und mit einem Übermaß an atmosphärischer Elektrizität aufgeladen, bliebe drückend, schwül, nicht zu atmen, zum Ersticken. Jean-Christophe de G. hatte nicht einmal die Augen geöffnet, reglos lag er in seinen Kleidern neben ihr im Bett, Schweiß auf der Stirn. Bleiern schlief er auf dem Rücken liegend, unberührt vom Grollen des Donners, dessen Nachhall sich in vielfachen Echos brach, bevor er im anhaltenden Plätschern des auf die Erde klatschenden Wolkenbruchs erstickte. Marie achtete kaum auf ihn, als er plötzlich die Decke zurückschlug und im Anzug aus dem Bett auftauchte, fertig angekleidet wie zum Ausgehen. Sie sah zu, wie er stocksteif wie ein Schlafwandler das Zimmer verließ, in Socken, seinen Aktenkoffer in der Hand, vielleicht wollte er nach Hause gehen, Marie hatte keine Ahnung, wohin er ging, sie hörte, wie er sich im Flur entfernte, dann schlug eine Tür zu, vielleicht die Wohnungstür, und Marie suchte mit den Augen nach den Schuhen von Jean-Christophe de G., die noch am Fußende des Bettes standen, es war vielleicht doch die Toilettentür, die zugeschlagen war. Einige Minuten blieb Jean-Christophe de G. fort, dann kam er zurück, so wie er gegangen war, derselbe unsichere, stocksteife, mechanische Gang, doch jetzt war sein Gesicht kreideweiß, blass, aschfahl, in Socken und schwitzend tat er einen Schritt ins Zimmer und brach zusammen.

Marie begriff nicht sofort, was geschehen war, dachte zuerst, er sei wegen des Alkohols gestolpert, und zögerte zunächst einen Augenblick, bevor sie aus dem Bett sprang, um ihm zu Hilfe zu kommen. Was ihr aber auf einmal große Angst einjagte, war, dass er nicht das Bewusstsein verloren hatte, sie sah, wie er sich in der Dunkelheit auf dem Rücken hin und her wälzte, sich jämmerlich auf dem Parkett wand, sich mit beiden Händen an die Brust griff, als sei dort ein Schraubstock, aus dem er nicht freikam, und sie sah, wie sich sein Gesicht im Dunkeln vor Schmerz verzerrte, seine Kiefer verhärteten, seine Lippen schwer wurden, steif und wie betäubt, seine Atmung war nicht normal, er versuchte angestrengt, etwas zu sagen, doch seine Artikulation war teigig, kaum verständlich, er versuchte, ihr zu erklären, dass er seine linke Hand nicht mehr spüre, dass sie gelähmt sei. Marie, neben ihm auf dem Boden kniend und über ihn gebeugt, hatte seine Hand ergriffen. Er sagte, dass er sich schlecht fühle, man sofort einen Arzt rufen müsse.

Marie hatte die Nummer eines Notdienstes gewählt, die 15 oder die 18, und lief ungeduldig im Zimmer auf und ab, darauf wartend, dass jemand den Anruf entgegennahm, sie ging zum Fenster, warf einen abwesenden Blick auf die dunkle Straße, auf die immer noch der Regen fiel, kehrte zu Jean-Christophe de G.s auf dem Boden liegenden Körper zurück und kniete sich schließlich neben ihn. Nackt und auf Knien verharrte Marie reglos im Halbdunkel, hielt das Telefon in ihren zitternden Fingern, hörte das Freizeichen, ihr nackter Körper wurde immer wieder von brutalen Blitzen angestrahlt, die das ganze Zimmer in grellem Weiß erhellten, und als sich am anderen Ende der Leitung endlich jemand meldete, ließ sie ihrer ganzen angestauten Panik freien Lauf und gab einen Schwall konfuser und unpräziser Erklärungen von sich, Marie, aufgewühlt, verloren und ratlos, wie sie war, hörte nicht auf den Mann am Telefon, der sie zu beruhigen versuchte, ihr immer dieselben knappen zwei oder drei Fragen stellte, die einfache und klare Antworten erfordert hätten – Name, Adresse, Art der Krankheit –, Marie ertrug es nicht, dass man ihr Fragen stellte, Marie hatte es schon immer gehasst, dass man ihr Fragen stellte, Marie hörte nicht zu, gab keine Antworten, sagte nicht ihren Namen und nicht ihre Adresse, sie redete mit verstörter Stimme ins Leere hinein, erklärte umständlich, dass er sich schon im Restaurant unwohl gefühlt habe, ein Schmerz in der Schulter, aber das habe nur einen kurzen Moment gedauert und sei gleich vorbeigegangen, daran gebe es keinen Zweifel – der Telefonist musste sie unterbrechen, um sie erneut, diesmal schroffer, nach ihrer Adresse zu fragen, »Ihre Adresse, Madame, geben Sie mir Ihre Adresse, ohne Ihre Adresse können wir nichts unternehmen« –, und dann war er es, Jean-Christophe de G., der, mit erloschenen Augen und kraftlosen, weichen Lippen, kreideweiß und schweißbedeckt auf dem Rücken liegend, Marie voller Unruhe anblickte und zu erraten versuchte, was hier vor sich ging, und dann, als er ihr die Antwort auf seine Frage von den Augen abgelesen und die Situation verstanden hatte, ihr den Telefonhörer aus der Hand nahm und dem Telefonisten die Adresse durchgab: »2, Rue de La Vrillière«, er sagte es in einem Zug, als ginge es darum, ein Taxi für den Heimweg zu bestellen, reichte dann erschöpft von der Anstrengung Marie wieder das Telefon zurück und fiel benommen zur Seite. Der Mann am Telefon erklärte nun Marie, dass er sofort eine Ambulanz schicken werde, wies sie mit teilnahmsloser, monotoner Stimme an, im Falle eines Herzstillstands eine Herzmassage und eine Mund-zu-Mund-Beatmung vorzunehmen. Das Gewitter hatte nicht nachgelassen, helle Blitze ließen in regelmäßigen Abständen – blendend, grell erleuchtend – für kurze Momente die Umrisse des Zimmers in einem geisterhaften weißen Licht erstarren. Marie hatte sich rittlings auf den bekleideten Körper Jean-Christophe de G.s gesetzt und damit begonnen, mit übereinandergelegten Händen, ausgestreckten Armen und völlig zerzausten Haaren, unbeholfen und außer sich, mit aller Kraft auf sein Brustbein zu drücken, auf seinen Brustkorb zu schlagen, dann, als ihre Bemühungen keinen Erfolg zeigten, beugte sie sich über ihn, um ihn zu schütteln und zu umklammern, um ihn festzuhalten und zu umarmen, sie strich mit ihren Händen über sein Gesicht, versuchte, ihm etwas von ihrer Wärme zu geben, drückte ihre Lippen auf seine, bohrte ihre Zunge in seinen Mund, um ihm Luft einzuhauchen, als wollte sie das Versagen ihrer unbeholfenen Rettungsversuche durch diese ungestüme und wütende Behandlung wettmachen, die dem Unglücklichen mit Sicherheit weniger Sauerstoff zuführte, als dass sie ihm ein heftiges Gefühl von Energie und Leben vermittelte. Denn es war wie ein lebensspendender Atem, den Marie dem bewusstlosen Körper Jean-Christophe de G.s zu geben versuchte, während sie ihm irgendwie Luft in den Mund blies und ihn fest in ihre Arme schloss, dort auf dem Boden ihres Schlafzimmers in einer langen Umarmung, in der sie spürte, wie der Tod an ihrer nackten Haut Schritt für Schritt an Terrain gewann – die ergreifende Nacktheit des Körpers von Marie im Kampf mit dem Tod.

Aus weiter Ferne vernahm Marie die Sirene eines Krankenwagens und stand auf, um ans Fenster zu eilen, patschte barfuß durch Wasserlachen, die sich durch den Regen auf dem Parkett vor dem offenen Fenster gebildet hatten. Marie stand nackt am Fenster, gleichgültig gegenüber Wind und Wetter, und wartete auf die Ankunft des Krankenwagens, der die Rue Croix-des-Petits-Champs hochfuhr, sie erkannte erste Schimmer des Blaulichts, das sich mit dem anschwellenden Geräusch der sich nähernden Sirene vermischte, und es war nicht eines, es waren zwei Rettungsfahrzeuge, die plötzlich mit kreisenden Blaulichtern an der Ecke der Rue de La Vrillière auftauchten und im prasselnden Regen blinkten, ein großer weißer Krankenwagen der SAMU und ein Notarztwagen, ein Kombi, der direkt vor dem Haus auf das Trottoir fuhr und dort hielt. Zwei Gestalten stiegen aus einem der Fahrzeuge, während die Rettungsleute der SAMU die Wagentüren zuschlugen und mit eingezogenen Köpfen im strömenden Regen hastig Arzttaschen packten und Rucksäcke schulterten. Die Gruppe eilte über den Gehweg zum Haus, sie fanden die Haustür jedoch verschlossen, wurden in ihrem Schwung gebremst, sie versuchten wiederholt, die Tür aufzudrücken, sie mit Gewalt zu öffnen. Bis schließlich einer von ihnen auf die Straße zurücklief und suchend den Kopf zum Gebäude hob. Mit vom Regen triefendem Gesicht entdeckte er endlich Marie und schrie ihr zu, dass die Haustür verschlossen sei. Marie rief ihm sofort den Türcode zu, irrte sich aber und nannte ihm den alten, sie war zu verwirrt, dann nannte sie ihm den neuen, schrie ihn mehrmals durch ihre wie einen Trichter vor den Mund gelegten Hände und rannte in den Flur zurück, um die Wohnungstür zu öffnen. Sie machte einen Schritt auf den Treppenabsatz hinaus und hörte, wie unten der Schließmechanismus der Haustür entriegelt wurde und auch schon Schritte im Treppenhaus widerhallten, sie hörte das laute Getrampel der Helfer, die die Treppe emporhasteten und fast im selben Moment auch schon vor ihr in der Dunkelheit auftauchten. Ohne ein Wort zu verlieren, betraten sie die Wohnung, in der kein einziges

Licht brannte, nur die Kontrollleuchte des Computers schimmerte schwach im Schlafzimmer. Es waren fünf Sanitäter, vier Männer und eine Frau. Entschlossen durchquerten sie den Flur und betraten mit weit ausholenden Schritten und ohne nach dem Weg zu fragen sofort das Schlafzimmer, als hätten sie gewusst, wo es sich befand, als hätten sie immer gewusst, wo sich in dieser Wohnung das Schlafzimmer befand, und schalteten dort als Erstes, ohne auch nur einen Blick auf den am Boden Liegenden zu werfen, ohne ihn zuerst zu untersuchen oder ihm schnell Hilfe zu leisten, das Licht im Zimmer an, es gab kein Deckenlicht im Schlafzimmer, nur eine Vielzahl kleiner Tischlampen, die Marie über die Jahre gesammelt hatte, die Tizio von Richard Sapper, die Tolomeo mit Chromkopf von Artemide, die Titania von Alberto Meda & Paolo Rizzato, die Itty Bitty von Outlook Zelco, die Sanitäter verteilten sich in alle Ecken und schalteten alle Lampen an – und erst in diesem Moment, da sie umringt von den Helfern und im Lichte all ihrer Lampen mitten im Zimmer stand, wurde Marie bewusst, dass sie nackt war.

Mit derselben Entschlossenheit, die sich nicht als übertriebene Eile äußerte, sondern durch präzise und methodische, genau aufeinander abgestimmte Handgriffe, entkleideten die Sanitäter den auf dem Boden liegenden Jean-Christophe de G., sie hoben ihn hoch, um ihm sein Jackett abzustreifen und sein Hemd aufzuknöpfen, rissen an den Hemdschößen, zerrten am Stoff, rissen die Knöpfe heraus, die sich nicht sofort öffnen ließen, und legten seinen Brustkorb frei, während der Notarzt ihn bereits mit seinem Stethoskop abhorchte. Ein Sanitäter, der am Kopf des Kranken kniete, nahm den Blutdruck, er hatte ihm die Manschette um den Arm gelegt und presste auf den Blasebalg des Blutdruckmessgeräts, stellte fest, dass der Blutdruck sehr schwach, sogar kaum mehr messbar, quasi nicht mehr existent war, wie der Puls an der Halsschlagader. Er musste dringend beatmet werden, man legte ihm eine durchsichtige Maske über den Kopf, die an eine Sauerstoffflasche angeschlossen war, und drehte den Durchfluss auf. Ein dritter Helfer, der auf dem Boden neben der Stelle kniete, wo immer noch die kleinen Grappagläser standen, hatte am Bettende einen Koffer mit medizinischem Gerät geöffnet und bereitete eine Infusion vor. Er hob den leblosen Arm Jean-Christophe de G.s an und desinfizierte gründlich die Ellenbeuge mit Alkohol, machte mit Fingerdruck sehr schnell eine Vene ausfindig, in die er stechen konnte, zog den Stauschlauch fest um den Arm, entfernte die Kappe der Kanüle und stach von unten nach oben in flachem Winkel hinein. Dann riss er mit einem Geräusch, das klang, als würde man einen Klettverschluss aufreißen, ein großes Heftpflaster von der Schutzfolie ab und befestigte damit provisorisch die Kanüle auf der Haut. Überall im Zimmer standen geöffnete Koffer mit medizinischem Material herum, aus denen Spritzen, Gummischläuche und vakuumverpackte Hilfsmittel in Plastikbeuteln ragten. Der Notarzt, der auf Knien auf dem Parkett kauerte, hatte damit begonnen, den Brustkorb Jean-Christophe de G.s mit einem übelriechenden, durchsichtigen, wässrigen Kontaktgel einzureiben, das er wie auf einem Butterbrot mit beiden Händen auf der Brust verschmierte, damit es in die Haut einziehen konnte und die Epidermis geschmeidig und die Brusthaare weich machte, holte dann einen kleinen, blauen, schlichten Wegwerfrasierer aus seiner Plastikverpackung, einen dieser fiesen, kleinen, dünnen Wegwerfrasierer, deren Schaft man nie richtig festhalten kann, und fing an, den Brustkorb in groben Zügen zu rasieren, in zwei, drei eiligen Bewegungen, von oben nach unten, ohne Rücksicht auf die Haut, die sich aufschürfte, eher war es ein Abräumen als ein Rasieren, am Schluss hielt er in der Höhle des Brustbeins inne, als wollte er dort noch so eine Art spaßiges Komma setzen, bevor er die Melasse der verklebten Brusthaare von der Klinge wischte und hastig ein Netz von Elektroden auf der geröteten und gereizten Haut befestigte. Jean-Christophe de G. lag mitten im Zimmer, um ihn herum ein Schwarm umherhuschender, undeutlicher weißer Gestalten, die sich an ihm zu schaffen machten, sein weißer Oberkörper hob sich im Licht einer 400-Watt-Halogenlampe grell von den anderen ab, einer der Sanitäter hatte sie in aller Eile aus dem Nebenraum herbeigeschafft, da das Licht im Schlafzimmer bei weitem nicht ausreichte, Maries gesammelte Designerlampen, auch wenn sie alle eingeschaltet waren, gaben nur gedämpftes Boudoirlicht ab. In seinem weißen kurzärmeligen Kasack stand ein Sanitäter am Kopf des leblosen Körpers und hielt die Lampe fest an ihrem Gestell, den gewaltsam nach vorne gebogenen Halogenkopf auf den mit Elektroden übersäten bleichen Oberkörper gerichtet, das Schlafzimmer sah aus wie ein Operationssaal.

Marie war ins Badezimmer gegangen, um sich rasch ein T-Shirt überzuziehen, lief dann beunruhigt im Schlafzimmer auf und ab, in jenem winzigen Bereich, der ihr noch geblieben, noch nicht von den Helfern in Beschlag genommen war. Ihr war unklar, wo sie sich hinsetzen, wo sich aufhalten sollte, sie war zum Fenster gegangen und hatte die Fensterflügel geschlossen, damit der Regen nicht weiter ins Schlafzimmer fallen konnte. Sie hatte es aufgegeben, den Arzt um Auskunft zu bitten, es hatte keinen Sinn, es war unübersehbar, wie ernst es um Jean-Christophe de G. stand. Die Sanitäter, die einen Kreis um seinen Körper gebildet hatten, schenkten ihr sowieso keine Aufmerksamkeit, schweigend blickten sie auf die Linien des Elektrokardiogramms auf dem winzigen, hell leuchtenden Monitor in einem der offen stehenden Koffer am Kopf des Kranken, wechselten untereinander nur einige wenige Worte im Flüsterton, gelegentlich erhob sich einer, um eine präzise Aufgabe zu erfüllen, um ein fehlendes Instrument zu holen oder etwas zusätzlich in die Infusion zu spritzen. Plötzlich nahm Marie eine ungewöhnlich heftige Bewegung wahr, die wie eine Welle der Erregung und Nervosität über die Rücken der Helfer lief, und sofort beschleunigten alle ihre Handgriffe, die wogenden Bewegungen der Schultern, das Ineinander der Hände, die sich über dem leblosen Oberkörper zu schaffen machten, waren sichere Zeichen, dass sein Zustand sich abrupt verschlechtert hatte. Mit einer Geste höchster Dringlichkeit richtete sich der Notarzt auf und schlug mit der Faust fest auf das Brustbein, packte dann eilig zwei große, runde Leiterplatten, die durch Kabel mit einem schwarzen, zwischen seinen Beinen klemmenden Batterieblock verbunden waren, auf die nackte, mit Elektroden bedeckte Haut, presste die eine Leiterplatte auf die obere Partie des Brustbeins, die andere seitlich gegen die Rippen. Ohne eine Sekunde zu verlieren, wies er die anderen an, ab jetzt jeden Kontakt mit dem Körper zu vermeiden, vergewisserte sich nochmals, dass niemand ihn berührte, und nahm eine ventrikuläre Defibrillation vor. Der heftige Stromschlag ließ den Brustkorb vom Fußboden hochschnellen, der Schlag fuhr von oben nach unten durch den Herzmuskel, dann fiel der Körper wieder auf den Boden zurück und blieb dort leblos liegen, und Marie begriff, dass das Herz nicht mehr schlug. Marie näherte sich den Sanitätern und betrachtete den entblößten Körper und das unter der Sauerstoffmaske verschwundene Gesicht, das weiße, mit Elektroden übersäte leblose Fleisch, wie von einem Fisch, Fleisch eines Kabeljaus oder einer Rotbarbe, und Marie musste unwillkürlich daran denken, dass sie diesen leblosen Körper noch vor weniger als einer Stunde umarmt hatte, in diesem Zimmer, an fast derselben Stelle, diesen entblößten, enteigneten, zum Objekt erniedrigten und medikamentierten Körper, diesen rasierten, an den Tropf gehängten und beatmeten Körper – diesen auf seinen Rohzustand reduzierten Körper, der nichts mehr mit dem zu tun hatte, was die wirkliche Person Jean-Christophe de G.s ausmachte. Und da wurde ihr bewusst, dass sie seit Beginn des Abends erst jetzt zum ersten Mal wirklich seinen Körper betrachtete, dass sie kein einziges Mal zuvor in dieser Nacht, auch nicht, als sie sich umarmten, sich für seinen Körper interessiert hatte, ihn kaum berührt, ihn nicht einmal angeschaut, sich immer nur um ihren eigenen Körper gekümmert hatte, um ihre eigene Lust.

Angesichts der gescheiterten Defibrillation unternahm der Arzt sofort einen weiteren Versuch, setzte einen zweiten, noch stärkeren Stromstoß. Nach einem Moment der angespannten Stille, in dem alle Blicke gebannt auf den leuchtenden Monitor gerichtet waren, begann das Elektrokardiogramm von Jean-Christophe de G. wieder schwache Ausschläge zu zeigen, das Herz schlug wieder. Ein Sanitäter spritzte eine Dosis eines Antiarrhythmikums in den Tropf, verabreichte eine zusätzliche Dosis Morphium. Da der Zustand des Kranken stabilisiert zu sein schien, entschied der Notarzt, ihn auf der Stelle in ein Krankenhaus bringen zu lassen. Weitere

Anweisungen waren nicht nötig, jeder wusste, was zu tun war, die Sanitäter sprangen auf und trafen Vorbereitungen für den Abtransport, sie begannen, ihre überall auf dem Boden herumliegenden Utensilien aufzusammeln und in die Taschen zu verstauen, die ersten trugen bereits ihre Koffer hinunter zum Rettungswagen. Marie beobachtete dieses lautlose und präzise Ballett, das sich in zentrifugalen Bewegungen vom leblosen Körper Jean-Christophe de G.s entfernte, den man zum ersten Mal allein ließ, mitten im Zimmer, angeschlossen an den Tropf und an die kleine Sauerstoffflasche, die neben ihm auf dem Parkett lag. Die Sanitäter kamen mit einer Tragbahre zurück, die sie im Zimmer auseinanderfalteten, Stangen wurden hineingeschoben, bevor sie sie aufklappten, die Stabilität der Konstruktion und die Festigkeit des Stoffes wurden geprüft, bevor sie dann mit äußerster Vorsicht Jean-Christophe de G. darauf hoben. Man breitete eine Decke über seine Knie, befestigte die Beine mit Gurten, die man fest um die Oberschenkel zurrte, und dann trugen sie ihn aus dem Zimmer in den Flur, ein Sanitäter lief mit dem Infusionsschlauch und der Sauerstoffflasche neben der Trage her. Der Tross verließ eilig die Wohnung, Marie folgte ihnen barfuß bis auf den Treppenabsatz, sie versuchte, die Treppenbeleuchtung einzuschalten, aber sie funktionierte nicht, und sie sah zu, wie sie in der Dunkelheit hinunterstiegen. Sie kamen auf der Treppe nur langsam, Stufe um Stufe, voran, mussten auf die Neigung der Trage und auf die Winkel des Treppenhauses aufpassen, sie durften nicht gegen die Wände oder das Geländer stoßen. Auf den letzten Metern löste sich einer der Sanitäter von der Gruppe, hastete voraus und öffnete die Haustür, um den Durchgang für die Trage zu ermöglichen. Sie passierten die Haustür und verschwanden in genau dem Moment aus Maries Blickfeld, in dem ich vor dem Gebäude auftauchte, ich, der einzige verirrte Gaffer auf dieser menschenleeren Straße um drei Uhr morgens.

Als Marie mich mitten in der Nacht anrief, hatte ich zunächst gar nichts verstanden. Der Regen fiel in Strömen durch das offene Fenster, und der Donner grollte, ich hörte das Klingeln des Telefons durch die Dunkelheit der kleinen Zweizimmerwohnung hallen, in die ich ein paar Monate zuvor gezogen war. Schon beim Abheben des Telefons erkannte ich Maries Stimme, Marie, die mich anrief, gleich nachdem sie den Notarzt gerufen hatte – kurz danach oder kurz davor, ich weiß nicht, die beiden

Anrufe müssen jedenfalls unmittelbar im Anschluss aneinander stattgefunden haben –, Marie, die völlig außer sich und verwirrt mich flehentlich zu Hilfe rief, mich inständig bat, zu ihr zu kommen, auf der Stelle, mir aber nicht sagte, warum, komm, sagte sie mir mit überschlagender Stimme, komm sofort, beeil dich, es ist dringend, sie drang in mich, flehte mich an, zu ihr in die Rue de La Vrillière zu kommen.

Der Anruf Maries – es war kurz nach zwei Uhr morgens, das weiß ich genau, ich habe auf die Uhr geschaut, als das Telefon klingelte – war extrem kurz, keiner von uns beiden hatte Lust oder war in der Lage zu reden, Marie hatte mich schlicht zu Hilfe gerufen, und mir hatte es die Stimme verschlagen, ich war noch gelähmt von der Angst, die mich beim Klingeln des Telefons mitten in der Nacht erfasst hatte, ein Gefühl, das noch wuchs und sogar angestachelt wurde durch eine irrationale und heftige Empfindung, die über mich kam, als ich die Stimme von Marie erkannte – sofort waren diese Befangenheit, diese Beschämung, dieses Schuldgefühl da. Denn in dem Moment, in dem ich die Stimme Maries wiedererkannte, war mein Blick auf den Körper einer jungen Frau gerichtet, die bei mir in meinem Zimmer schlief, ich sah ihren im Halbdunkel liegenden reglosen Körper, das einzige Kleidungsstück, das sie trug, war ein winziger Slip aus blassblauer Seide. Ich betrachtete ihre nackte Flanke, die Linie ihrer Hüfte. Ich betrachtete Marie, ohne zu verstehen (Marie, auch sie hieß Marie), und in einer Anwandlung von Schwindel und Taumel ahnte ich plötzlich etwas vom Ausmaß der Verwirrung, in der ich die letzten Stunden dieser Nacht erleben sollte. Sicher konnte ich klar zwischen Marie und Marie unterscheiden – Marie war nicht Marie –, aber ich hatte plötzlich die Eingebung, dass es mir nicht gelingen würde, mich in zwei Hälften aufzuteilen, um gleichzeitig derjenige zu sein, der ich für jene Marie war, die in meinem Bett lag, und derjenige, der ich für Marie war – ihre Liebe (auch wenn wir, seitdem ich nach unserer Rückkehr aus Japan in die kleine Zweizimmerwohnung in der Rue des Filles-Saint-Thomas gezogen war, nicht mehr zusammenwohnten).

Um halb drei Uhr morgens verließ ich die kleine Zweizimmerwohnung in der Rue des Filles-Saint-Thomas, um zu Marie zu gehen. Draußen war der Himmel dunkel, schwarz, riesig, unsichtbar, und vom Horizont nichts war zu sehen als der ununterbrochen vor dem gelblichen Licht der Straßenlaternen fadendick herunterfallende Regen. Ich hatte mich in den Wolkenbruch gestürzt, den Kragen meines Jacketts hochgeschlagen und mich, weil der Regen mir in die Augen spritzte, in geduckter Haltung in Richtung der Place des Victoires aufgemacht. Aus der Ferne kam in regelmäßigen Abständen Donnergrollen, Regenwasser staute sich sprudelnd über den Gitterrosten der verstopften Kanalisation, kleine reißende städtische Sturzbäche rasten wild die Abflussrinnen entlang. Ich erreichte die Place de la Bourse, die in völliger Dunkelheit still und verlassen dalag, nur das angestrahlte hohe Säulenportal des Palais Brongniart ragte aus der Finsternis. Der Platz war menschenleer, dichter Regen platschte in eine riesige Wasserlache, die schwarz war und aufgewühlt vom Regenschwall und zerfurcht vom Wind, der über ihre Oberfläche stürmte. Ich konnte keine zehn Meter weit sehen, wusste nicht, wohin ich ging, zog in einer lächerlichen Geste des Schutzes mein Jackett enger um mich. Ich hatte die falsche Richtung genommen, musste wieder zurückrennen, hätte auf dem rutschigen Trottoir beinahe das Gleichgewicht verloren. Auf dem nassen Asphalt spiegelte sich hier und da das Licht der Laternen, und von Zeit zu Zeit sah ich durch den wässrigen Nebel, den der Regen vor meinen Augen bildete, die Irrlichter eines in einiger Entfernung vorbeifahrenden Autos, das sich langsam, wie in Zeitlupe durch die Wassermassen kämpfte, alle Scheinwerfer aufgeblendet in dieser Sintflut.

Ich rannte immer noch, als ich in Sichtweite der Place des Victoires kam und plötzlich die Reihe alter Hausfassaden und die dreiköpfigen Straßenlaternen auftauchten, die im strömenden Regen funkelten, in der Mitte des Platzes ragte die mächtige Reiterstatue von Louis XIV empor, die vor dem Unwetter zu fliehen schien. Meine Unruhe wuchs sich zur Panik aus, als ich in die Rue de La Vrillière einbog und im Dunkel der Nacht die Blaulichter sah – genau vor dem Haus von Marie. Die letzten Meter legte ich mit schlotternden Knien zurück, durchnässt von Kopf bis Fuß, innerlich aufgewühlt, immer noch in Bewegung, außer Atem, mit heftig schlagendem Herzen, aber ich rannte nicht mehr, lief jetzt langsamer, widerstrebend, widerwillig, als würden meine Schritte stocken, als wollte ich nicht mehr weitergehen, ich befürchtete das Schlimmste, einen Unfall, einen nächtlichen Überfall, und als ich in dieser fürchterlichen Aufwallung von zugleich Angst und Liebe an Marie dachte, kam mir jene Nacht wieder ins Gedächtnis, in der uns eine Alarmsirene aus dem Schlaf hatte aufschrecken lassen, die laut durch die Rue de La Vrillière hallte. Wir waren nicht gleich aufgestanden, hatten zunächst geglaubt, es handele sich um eine dieser Autoalarmanlagen, die sich immer wieder grundlos mitten in der Nacht auslösen und die Ohren der Nachbarn einige Minuten lang quälen, bevor sie dann auf ebenso geheimnisvolle Weise wieder schweigen, aber der Alarm in dieser Nacht klang schriller als sonst, noch beängstigender – nie zuvor hatte ich Vergleichbares gehört, es war, als kündigte diese Sirene eine unbekannte Katastrophe an, warnte die Bevölkerung vor irgendeinem nuklearen Störfall –, und verstummte erst vierzig Minuten später, Zeit genug, damit Marie und ich Gelegenheit fanden, aufzustehen und zum Fenster zu gehen, Marie nur bekleidet mit einem ihrer weiten grauen Baumwoll-T-Shirts, die sie anstelle von Pyjamas trug, schlaftrunken, die Augen halb geschlossen, mit leicht erhitzten Wangen an mich gelehnt, ich konnte ihren noch schlafwarmen Körper riechen. Seite an Seite hatten wir dort am Fenster wunderbare Momente der Komplizenschaft und der stillen Zärtlichkeit erlebt, ich hielt sie an der Taille umfasst, wir schauten auf die düstere Hausfassade der Banque de France uns gegenüber und tauschten von Zeit zu Zeit einen amüsierten Blick aus, beobachteten, was dort drüben vor sich ging, ohne es verstehen zu wollen, es war, als sei die Zeit angehalten, ein außergewöhnlich dynamischer Zustand, ein Nichts, eine Leere, die angefüllt war mit einer unsichtbaren Energie, die offenbar jeden Moment explodieren konnte, ein Nichts, das sich fortwährend von neuen Elementen nährte, die, zusammenhanglos, winzig, unverfänglich, immer wieder in regelmäßigen Abständen auftauchten, um erneut Spannung zu erzeugen und uns davon abzuhalten, wieder ins Bett zu gehen, so war zum Beispiel in der Nacht ein Wagen der Polizei vorgefahren, zwei oder drei Beamte waren herausgestürzt und hatten eine schemenhafte Kette zur Absicherung der Bank gebildet, oder noch weitere zehn Minuten später, als sich wie in Zeitlupe das schwere bronzene Portal der Bank einen kleinen Spaltbreit geöffnet hatte, ohne dass sich in der Folge mehr ereignete, als dass ein Wächter seinen Kopf in die Nacht hinausgestreckt hatte, das war auch schon alles gewesen, das schwere bronzene Portal hatte sich wieder hinter ihm geschlossen und aufs Neue unten auf der sonst menschenleeren Straße jene diffuse Bedrohung hinterlassen, die umso wirksamer war, als sie unsichtbar blieb. Ich habe übrigens nie erfahren, was wirklich passiert war, in den darauf folgenden Tagen habe ich die Zeitungen durchgeblättert, aber nichts gefunden, was mit dem Vorfall in Verbindung stand, und so ist mir von dieser Nacht nur eine Erinnerung geblieben, jene der so köstlich-sinnlichen, wortlosen Eintracht mit Marie.

Dreißig Meter trennten mich noch von dem Gebäude, jetzt rannte ich nicht mehr, lief rasch, beschleunigte meine Schritte und verlangsamte sie gleichzeitig, in ein und derselben widersprüchlichen Bewegung, in ein und demselben Impuls, demselben widerwilligen Gang. Mein anfänglicher Schwung war dahin, gebrochen durch die Angst, die über mich kam, als ich die Blaulichter vor dem Haus von Marie sah, sofort wurde ich langsamer, düstere Vorahnungen lähmten mich auf den letzten Metern, hielten mich zurück, die Beine wurden schwer. Ich ging weiter und nahm undeutlich Licht hinter den regennassen Seitenfenstern des Krankenwagens wahr, ein gelbes Licht in diesem geheimen, privatesten Bereich, in dem die Verletzten liegen, als sich plötzlich vor mir die Toreinfahrt des Gebäudes öffnete. Zunächst sah ich nur einen weißen Arm, den Arm eines Sanitäters, der die Tür aufhielt, dann sah ich die anderen Sanitäter das Haus verlassen, es waren vier oder fünf, in weißen Arztkitteln, sie transportierten so etwas wie eine menschliche Gestalt auf ihrer Tragbahre, und meine Brust schnürte sich zusammen, als ich sah, dass tatsächlich jemand darauf lag – jemand, der Marie hätte sein können, denn ich wusste ja nicht, was passiert war, Marie hatte mir am Telefon nichts gesagt, aber das war nicht Marie, das war ein Mann, ich sah seine Strümpfe unter einer ärmlichen Decke herausragen, die den Körper bedeckte. Ich sah nur Details, isoliert, vergrößert, vom Ganzen getrennt und flüchtig aufgefangen, die dunklen Strümpfe als Erstes, als würde sich dieser Mann von nun an auf seine Strümpfe reduzieren, der Arm, furchterregend, eine Infusion steckte darin, ein aschfahler, gelblicher, totenbleicher Arm, auch das weiße Gesicht zog meine besondere Aufmerksamkeit auf sich, ich erforschte die Gesichtszüge, versuchte, jemanden zu erkennen, aber vergeblich, es war schlicht ein unsichtbares Gesicht, verschwunden unter einer Sauerstoffmaske. Der Körper war leblos, der Oberkörper entblößt, ein schwarzes Jackett war quer über die Trage geworfen worden, ein Aktenkoffer hing an einer der Haltestangen. Ich verharrte reglos auf dem Trottoir, als ich plötzlich eine nicht greifbare, immaterielle Präsenz spürte. Ich hob den Kopf und sah sie, Marie, oben am Fenster des zweiten Stocks auf die Ellenbogen gestützt, den Blick starr auf die Tragbahre gerichtet, und da begriff ich die Situation sofort. Schlagartig wusste ich, und das mit aller Sicherheit, dass der auf der Trage liegende Mann die Nacht mit Marie verbracht hatte und dass ihm und nicht Marie etwas passiert war (Marie war nichts geschehen, Marie war wohlbehalten). Und in diesem Moment entdeckte mich Marie, für einen Augenblick kreuzten sich unsere Blicke in der Nacht, es war über zwei Monate her, dass wir uns gesehen hatten.

Ich betrat das Gebäude durch die Toreinfahrt und stieg das Treppenhaus hinauf zu Marie. Die Tür zu ihrem Appartement stand noch offen, ich ging in die Wohnung, lief geräuschlos durch den Flur. Als ich in das Schlafzimmer kam, fiel mir sofort das Paar Schuhe auf, das neben dem Bett stand. Die einzige Spur, die von der Anwesenheit dieses Mannes in diesem Raum geblieben war. Alles andere war verschwunden, nichts anderes mehr zeugte von seinem Besuch, nichts von der medizinischen Behandlung, die ihm hier vor fünf Minuten zuteilgeworden war, kein weggeworfener Verschluss, keine vergessene Ampulle, kein auf dem Boden liegen gelassener Verband. Ich betrachtete die unordentlich am Fußende des Betts zurückgelassenen Schuhe (einer stand gerade auf dem Parkett, der andere war umgekippt), langgestreckte, elegante italienische Schuhe, massiv und doch nach vorne spitz zulaufend, ein wertvolles Leder, Kalb oder Rind, ein Paar klassische Richelieus, fest und doch geschmeidig, ohne Zweifel waren sie äußerst bequem, wie es der Tradition der großen italienischen Schuhmacherkunst entspricht, deren beste Exemplare wie Handschuhe am Fuß anliegen, die Farbe war undefinierbar, etwas zwischen karamell und chamois, mit jenen haarfeinen, aber fischleinenharten Schnürsenkeln, ein flaumweiches, leicht pelziges, aufgerautes Oberleder, versteift durch eine Vielzahl kleiner dekorativer Lochungen, mit betont unauffälligen, leicht gesteppten Nähten, und im Futter – es musste ein völlig neuer Schuh sein, er duftete noch nach frischem Leder – war eine höchst diskrete und gleichsam subliminale goldene Signatur eingraviert. Ich betrachtete die leeren am Fußende des Betts zurückgelassenen Schuhe. Das war alles, was von diesem Mann in diesem Schlafzimmer übrig geblieben war. Von ihm, wie von dem Mann aus der Sage, den der Blitz traf, waren nur die Schuhe geblieben.

Marie hatte mich gehört, wie ich ins Schlafzimmer getreten war, hatte sich aber nicht zu mir umgedreht. Sie hatte gewartet, dass ich zu ihr kam, wir hatten nichts gesagt, nur Seite an Seite am Fenster gestanden und zugesehen, wie der Rettungswagen in der Nacht losfuhr. Er entfernte sich in Richtung der Seine, der Hall der Sirene wurde leiser, immer schwächer, war schließlich verschwunden. Marie wandte sich dann sehr langsam mir zu, kraftlos und schlafwandlerisch, sie berührte meine Schulter, wortlos, wie um mir stillschweigend zu danken, dass ich zu ihr gekommen war.

Ich war von oben bis unten durchnässt, triefte geradezu, von den Ärmeln meines Jacketts tropfte das Wasser, um meine Füße herum hatte sich auf dem Parkett eine kleine

Pfütze gebildet. Solange ich draußen war, hatte ich davon nichts bemerkt, es war mir nicht einmal bewusst geworden, dass ich nass wurde. Mein Jackett war aus der Form, wie ein Lumpen hing es an mir herunter, mein Hemd klebte an meinem Oberkörper, meine Kleider hatten sich mit sirupartigem Regen vollgesogen, der Stoff war schwer, selbst meine Socken schwammen in meinen Schuhen und hinterließen in mir dieses so äußerst unangenehme körperliche Gefühl, das man bekommt, wenn Socken in Schuhen nass werden. Ich zog Schuhe und Socken aus, ließ sie unter dem Fenster liegen und lief barfuß und mit ausgebreiteten Armen durch das Schlafzimmer, um mich abtropfen zu lassen, hinterließ dabei auf meinem Weg überall kleine Wasserlachen. Ich hatte mein nasses Hemd, das fest auf meiner Haut klebte, aufgeknöpft und schaute mich im Schlafzimmer um. Die Einrichtung des Zimmers hatte sich seit meinem Auszug etwas verändert, es gab einen neuen Schreibtisch, aber alles in allem war hier alles noch so wie früher, als ich die Wohnung verlassen hatte. Ich erkannte meine Kommode, die immer noch an ihrem Platz stand, zweifellos waren meine Kleider noch darin, ich hatte noch nicht die Zeit gehabt, alle meine Sachen in meine neue Wohnung zu bringen. Ich hockte mich vor das Möbel, öffnete die Schubladen und warf einen Blick auf die Kleidungsstücke, ein Durcheinander von Pullovern, Hemden, Pyjamas, eine armselige alte Badehose mit ausgeleiertem Gummi. Ich suchte mir ein Hemd heraus und Unterwäsche zum Wechseln, legte beides auf einen Stuhl und begann mich umzuziehen.

Marie hatte notdürftig das Bett gemacht, sich dann an eine Wand gesetzt und dort im Halbdunkel eine Zigarette geraucht, ihre Beine formten ein Z unter ihrem XL-T-Shirt. Sie hatte nur noch eine einzige Lampe in der Nähe des Bettes brennen lassen, die so gut wie nichts beleuchtete. Sie blieb lange schweigend und niedergeschlagen sitzen, ließ die Augen ins Leere schweifen, bevor sie stockend begann, mir von Jean-Christophe de G. zu erzählen, mit verhaltener Stimme, ohne mich dabei anzusehen, immer wieder einen Zug von ihrer Zigarette nehmend, sie erzählte mir, wie sie ihn Anfang des Jahres bei der Vernissage ihrer Ausstellung im *Contemporary Art Space* von Shinagawa kennengelernt hatte, sie erzählte mir von seinen beruflichen Aktivitäten, es waren nicht wenige, er war sowohl in der Welt der Geschäfte wie in der der Kunst unterwegs, sie sagte dann, sie habe ihn nach ihrer Rückkehr aus Japan ein paarmal in Paris getroffen, drei- oder viermal in den ersten Monaten, danach in größeren Abständen, sie hätten ein Wochenende in Rom verbracht, sich aber nicht näher kennengelernt, nicht wirklich. Marie erklärte mir all das, ohne sich einen Gedanken darüber zu machen, wie schmerzlich diese Mitteilungen für mich sein mochten, aber ich sagte nichts, ich stellte keine Fragen. Während ich ihr zuhörte, zog ich mir Jackett und Hemd aus und rieb mir den Rücken mit einem großen weißen Badehandtuch trocken. Ich streifte meine Hose hinunter, der Stoff klebte an der Haut meiner Schenkel, ich hatte einige Mühe damit, dann zog ich meine Boxershorts aus, ließ sie vor mir auf den Boden fallen. Marie redete weiter, man spürte, wie sehr sie das Bedürfnis hatte zu reden, sich jemandem anzuvertrauen, die Ereignisse dieser Nacht noch einmal auf bestimmte Vorzeichen hin durchzugehen, die sie hätten warnen müssen, eine allgemeine Müdigkeit, Atemnot, Schwindel, ein erstes Unwohlsein, das er im Restaurant gezeigt hatte. Ich stand nackt da im Halbdunkel und hörte nicht mehr richtig zu, trocknete mir Nacken und Hüften, fuhr mit dem Badetuch über die Schenkel, rieb mich zwischen den Beinen (und ich leugne es nicht, es war sehr angenehm).

Als ich so mit nackten Beinen auf dem Parkett stand und mein Hemd zuknöpfte, fiel mein Blick auf mein Bild in dem Spiegel über dem Kamin, einem dieser typischen vergoldeten Pariser Spiegel, mit dekorativer Flamme auf dem Kopfteil und jener Zierleiste aus Gips, die ein Geflecht ineinander verschlungener Blätter darstellt. Ich machte einen Schritt vorwärts und beobachtete, wie mein Körper sich im Einklang mit mir in den patinösen Tiefen des an manchen Stellen geschwärzten, gefleckten und gesprenkelten Spiegels bewegte, mein Gesicht blieb unsichtbar, verschluckt von der Dunkelheit. Das Zimmer um mich herum verschmolz mit der Finsternis, man erriet allenfalls die verschwommenen Umrisse von Möbeln, den Schreibtisch von Marie, auf dem der noch eingeschaltete Computer stand. Ich sah mich dort, ohne Gesicht, in dem Zimmer, in dem ich fast sechs Jahre gelebt hatte. Marie saß noch immer am anderen Ende des Betts. Von dort, wo ich war, hörte ich nur ihre Stimme, eine monotone, abwesende Stimme, die mir erklärte, dass Jean-Christophe de G. verheiratet und dies der Grund gewesen sei, warum sie nicht mit der Ambulanz habe mitfahren wollen, aus Diskretion gewissermaßen, damit man seine Frau benachrichtigen konnte, sobald er im Krankenhaus eingetroffen war. Jetzt aber fragte sie sich, wie sie etwas über seinen Zustand in Erfahrung bringen sollte, sie wusste ja nicht einmal, in welches Krankenhaus man ihn gebracht hatte.

Ich durchquerte das Schlafzimmer und holte mir die Flasche Grappa, die auf dem Kaminsims stand. Marie schaute zu mir auf, und ich sah, wie ihr Gesicht augenblicklich einen anderen Ausdruck annahm. Ihr Verhalten hatte sich vollständig verändert, ihre Niedergeschlagenheit wich abrupt einem Ausdruck von Kälte, etwas Distanziertes, Hartes, Verschlossenes, ja Trotziges ging von ihr aus, die Gesichtsmuskeln waren angespannt, die Wangen verkrampft, es war dieser Ausdruck von kalter Wut und Furor, den ich an ihr kannte, wenn sie ihre Gefühle verbergen oder ihre Erregung verstecken musste, selbst wenn sie dabei das Risiko einging, in Tränen auszubrechen. Plötzlich musterte sie mich verächtlich, und um ihre Mundwinkel erschienen kleine, hässliche Falten, ein Ausdruck, den ich an ihr nicht kannte, und dann blitzte ein Schimmer des Hasses aus ihren Augen. Warum kam jedes Mal, wenn wir zusammen waren, der Augenblick, an dem sie mich plötzlich, völlig übergangslos, von einem Moment zum anderen, so leidenschaftlich hasste?

Als sie mich nach der Grappaflasche hatte greifen sehen, musste Marie sich durchschaut gefühlt haben. Sie hatte zweifellos sofort begriffen, dass diese Flasche Grappa sie verraten würde, dass das Vorhandensein dieser Flasche hier in diesem Zimmer in dieser Nacht etwas Anstößiges hatte, schamlos, zutiefst unanständig war, dass ich, da ich die Flasche Grappa gesehen hatte, auch wissen musste, dass sie in dieser Nacht in Gesellschaft von Jean-Christophe de G. Grappa getrunken hatte, und nun, da ich wusste, dass sie in dieser Nacht mit Jean-Christophe de G. Grappa getrunken hatte, ich mir auch ausmalen konnte, was zwischen den beiden hier im Schlafzimmer passiert war. Sie hatte sofort begriffen, dass diese Flasche Grappa der greifbare Beweis war, von dem aus ich mir vorstellen konnte, was sie erlebt hatte, ausgehend von diesem einen Detail, ausgehend von nur einer einzigen Flasche Grappa, konnte ich alles, was sich zwischen den beiden in diesem Zimmer zugetragen hatte, rekonstruieren – bis hin zu ihren Küssen und dem Grappageschmack ihrer Küsse –, wie in einem Traum, in dem ein einziges Element aus dem intimsten wirklichen Leben eine Flut von imaginären Momenten hervorbringen kann, deren Wahrhaftigkeit nicht weniger anfechtbar ist, und ich nun, da ich über einen solchen handgreiflichen ersten Anhaltspunkt (die Flasche Grappa) und über einen nachträglichen visuellen Anhaltspunkt verfügte (ich war Zeuge gewesen, wie die Trage in die Nacht hinausgeschafft worden war), in der Lage war, die Lücke zu schließen, um das, was diese Nacht in der Zwischenzeit geschehen war und was Marie in meiner Abwesenheit erlebt hatte, zu rekonstruieren oder mir auszudenken.

Marie blieb noch einen langen Moment schweigend sitzen, nachdenklich, mit gekreuzten Armen, und starrte mit einem gereizten Ausdruck auf meine nassen Kleider auf der Kommode, sprang dann plötzlich auf und verlangte von mir, das Möbel, meine Kommode, sofort wegzuschaffen, auf der Stelle, mitsamt all meinen Sachen. Es habe schon lange genug gedauert, fünf Monate habe sie diese Scheußlichkeit in ihrem Schlafzimmer ertragen müssen, wir müssten es sofort in den Keller schaffen, keine Sekunde länger wolle sie mehr warten, nicht den geringsten Aufschub erdulden. Das war kein Vorschlag, das war ein Befehl. Sie könne den Kasten nicht mehr sehen, sie sagte »Kasten«, sie nannte meine Kommode einen »Kasten«, mit einer derart unverhohlenen Abscheu, als würde die Verachtung, die sie für das Möbel empfand, sich in diesem Wort selbst fortsetzen: Kasten. Kasten. Mit nackten Schenkeln unter ihrem zu weiten weißen T-Shirt stapfte sie zu dem Kasten hinüber und versuchte außer sich vor Wut, ihn mit den Händen anzuheben, egal wie, aber das Möbel verfügte über keinerlei Griffe, weder seitlich noch vorne, es gab schlichte, dekorative Ausbuchtungen des Holzes, an denen man sich aber unmöglich festhalten konnte. Ich ging zu ihr hinüber, um ihr zu helfen, stellte mich auf die andere Seite der Kommode, gemeinsam und mit größter Mühe bekamen wir das Möbel vom Boden hoch, vielleicht gerade mal zehn Zentimeter, es war wirklich sehr schwer, doch bevor wir es gleich wieder abstellen konnten, ließ Marie einfach los, ließ es einfach fallen, unternahm nichts, es zu halten, ließ es so heftig auf den Boden knallen, dass sich mit der Kante der Füße tiefe Kerben ins Parkett gruben. Marie zuckte zusammen, machte einen kleinen Satz zur Seite, sie war barfuß, dann verlor sie die Geduld, wurde fuchsteufelswild, sagte, dass ich es jetzt ja wohl sähe, dass es sich nicht so einfach wegschaffen lasse, dass es zu schwer sei, man es leerräumen müsse, und sie begann, die Schubladen herauszuziehen und in meine Kleider zu greifen, sie bündelweise mit beiden Händen auf den Boden zu schmeißen, und sagte mir, ich solle mein Zeug endlich fortschaffen, meinen elenden Ramsch aus dem alten Kasten auf den Müll schmeißen.

Dann sagte sie nichts mehr, sie hat nichts mehr gesagt, mit leerem Blick und gesenktem Kopf stand sie da, mit gebremster Ungeduld, unschlüssig sah sie mir zu, wie ich meine Sachen zusammensuchte. Ihre Wut war einer Mattigkeit gewichen, fühlloser Traurigkeit, widerstandsloser Niedergeschlagenheit, sie hatte ihre Kraft verschleudert, sie gab auf, überließ alles mir. Ich hatte versucht, sie zu beruhigen, hatte die Kommode inzwischen vollständig ausgeräumt, eine Schublade nach der anderen, hatte mehr oder minder geordnete Kleiderstapel aufgehäuft, T-Shirts, Pullover, Hemden, einen zerknüllten Haufen Unterwäsche, Handschuhe, Schals, Mützen, daneben andere kleinere Stapel, verstreut, disparat, ein Gürtel, zerknäulte Krawatten, die alte, im Schritt ausgebeulte Badehose mit dem ausgeleierten Gummi, die so lächerlich und rührend vor mir auf dem Boden des Schlafzimmers lag, dass sie mich mit ihrem Anblick demütigte. Man hätte meinen können, die armseligen gebrauchten Klamotten, so wie sie da lagen, seien die pathetische Auslage eines Flohmarktes, die hier im Halbdunkel des Schlafzimmers feilgeboten wurde, und für mich bekam diese Zurschaustellung etwas von einem Totentanz, als würden Kleider, wenn sie nicht getragen werden, die Abwesenheit oder das Verschwinden desjenigen anzeigen, dem sie gehörten. Aber war es nicht genau das, ging es hier nicht gerade um mein Verschwinden, um die Auslöschung der letzten Spuren meiner Anwesenheit in diesem Zimmer, in dem ich mehrere Jahre gelebt hatte?

Wir hatten uns auf den Weg gemacht, mit langen Armen schleppten wir mühsam den schweren Kasten, aber es gelang uns nicht auf Anhieb, ihn durch die Tür zu bekommen. Wir mussten das Möbel wieder auf den Boden stellen, es kippen und dann in Schräglage wieder anheben, damit es durch den Rahmen passte und wir in den Flur kamen. Unter der Last gekrümmt, die eine wie der andere kaum bekleidet, Marie im T-Shirt und ich im Hemd und barfuß, kamen wir im Flur nur mühsam, mit kleinen, rutschenden Schritten voran. Marie sagte nichts, aber sie hatte sich wieder beruhigt, war schweigend auf ihre Aufgabe konzentriert. Sie pustete durch einen Spalt ihrer Lippen Luft auf ihre Stirn, ein Versuch, eine lästige Haarsträhne wegzublasen, die ihr über die Augen gefallen war. Schließlich hob sie den Kopf und sah mich auffordernd an (aber wie hätte ich ihr helfen können, ich hatte auch schon beide Hände voll), und dann lächelte sie mir zu, schickte mir über die Kommode hinweg als heimliches Einverständnis ein schüchternes Lächeln, das ihre Lippen und Pupillen erstrahlen ließ, vielleicht ihr erstes Lächeln seit fünf Monaten, das mir galt. Unsere Blicke trafen sich, und wir wurden uns mit einem Mal der Lächerlichkeit der Situation bewusst, des Irrsinns, diesen Kasten mitten in der Nacht in den Keller hinuntertragen zu wollen. Im Dämmerlicht des Flurs lächelten wir uns zu, bewegten uns weiter durch den Flur, jeder auf seiner Seite schleppten wir im Gleichschritt die Kommode, waren wie zusammengewachsen, solidarisch, so nah beieinander, als würden wir miteinander tanzen, fortgerissen vom Schwung des Möbels, das gleich einem Lied oder einer Melodie uns seinen Rhythmus vorgab und sein Tempo diktierte, kein Meter trennte uns voneinander, wir waren gleichsam eingebunden in die intime Promiskuität des Transports. Es war nicht mehr nur Komplizenschaft, die zwischen uns herrschte, sondern schon Zärtlichkeit, mehr noch: der Beginn einer Wiederannäherung, eine Anziehung, die mit den Augen begann und, wie wir spürten, in unsere Hände stieg, ein unsichtbarer, starker, magnetisierender Reiz, schwer, mächtig, unentrinnbar, als hätte in den fünf Monaten unserer Trennung dieses unwiderstehliche Feuer nicht aufgehört, in uns zu arbeiten, eine unterirdische Energie, die nichts weniger von uns verlangte, als dass wir uns noch diese Nacht in die Arme fielen. Der heftige Schock, den Marie erlitten hatte, konnte nur durch eine Umarmung gelindert werden, sie verspürte ein ununterdrückbares körperliches Bedürfnis nach Tröstung, danach, berührt zu werden, fest umschlungen zu werden, sich geliebt zu fühlen, um die Spannungen zu beseitigen, die sie bedrängten, und ich, ich hatte zweifellos dasselbe Bedürfnis nach Tröstung, wegen dieser furchtbaren Aufregung wegen Marie, schon seit ich neben sie ans Fenster getreten war, hatte ich dasselbe Verlangen, sie zu berühren und zu umarmen, war aber unfähig gewesen, sie so einfach in meine Arme zu nehmen und sie zu trösten, ihren Körper eng an den meinen gedrückt. Wir waren im Flur stehen geblieben, das Möbel hatten wir zu unseren Füßen abgestellt und schauten uns im Dämmerlicht an, wir sagten nichts, aber wir verstanden uns, wir hatten uns verstanden. Ich liebte sie, ja. Es ist vielleicht sehr unpräzise zu sagen, dass ich sie liebte, aber nichts anderes könnte präziser sein.

Ich weiß nicht, war ich es, der behutsam um das Möbel herum den letzten Meter, der mich von ihr trennte, zurückzulegen begann, oder sie, die, indem sie einen Schritt zur Seite machte, mich stillschweigend einlud, zu ihr herüberzukommen, wir standen uns jetzt reglos im halbdunklen Flur gegenüber und blickten uns schweigend an, mit einer unendlichen Bedeutungsschwere im Blick. Ich glaubte, dass wir uns küssen würden, aber wir haben uns nicht geküsst, weder haben sich unsere Zungen getroffen noch unsere Lippen sich berührt, wir haben uns nur leicht gestreift in der Dunkelheit, haben sachte unsere Wangen aneinandergerieben, haben uns am Hals gestreichelt, scheu und ergriffen wie aufgeschreckte Pferde. Wir wagten es nicht, uns zu berühren, bis in die Fingerspitzen waren wir voller Rücksichtnahme und Zurückhaltung, voller Sanftmut und Feingefühl, als wären wir zu zerbrechlich oder die Oberfläche unserer Körper glühend heiß oder der Kontakt mit dem anderen verboten, gefährlich, deplatziert, undenkbar, ein Tabu, wir strichen nur sachte mit den Fingern über unsere Schultern, unsere Augen irrten umher, unsere Sinne waren zum Zerreißen gespannt, ich stand ganz nah bei ihr und atmete den Geruch ihres Nackens. Dann, wie zu lange gestautes Wasser sich endlich seine Bahn bricht, haben wir uns plötzlich heftig umarmt und uns dem Wiedersehen unserer Körper hingegeben, uns hemmungslos umschlungen in einer völligen Hingabe von Herz und Seele, wir pressten unsere brüchigen Körper aneinander, um aus dem anderen Wärme zu schöpfen, um Halt und Trost zu finden, unsere übereifrigen Arme waren plötzlich überall, ungenaue, sanfte Hände, die fiebrig den anderen ertasteten, ich streichelte ihre Schultern, berührte die Wangen, die Stirn, die Schläfen. Ich führte meine Hand über ihr Gesicht und sah sie an. Die Hand und der Blick, nur darum geht es im Leben, in der Liebe, in der Kunst.

Wir hatten die Augen geschlossen und hielten uns umschlungen, pressten uns verzweifelt aneinander, aber wir küssten uns nicht, wir konnten uns nicht küssen, ein Verbot hinderte uns daran, eine unausgesprochene, herrische, unsichtbare Vorschrift, zu viele Dinge ereigneten sich zur gleichen Zeit, es gab zu viel Gefühle, zu viel Schmerz, Unruhe und Liebe, zu viel, was sich in unseren Herzen bewegte, wir brauchten eine Pause, eine Unterbrechung, um wieder zu Atem zu kommen, sie strich sich eine Haarsträhne zurecht, und dann sah ich in ihren Augen Wildheit und Geilheit aufscheinen. Marie stand vor mir mit nackten Schenkeln unter ihrem weißen

T-Shirt, leicht nach vorne gebeugt mit dem Rücken zur Wand, und schaute mich herausfordernd an – es lag etwas Herausforderndes in ihrem Blick, etwas Rebellisches und Hilfloses, etwas Sexuelles und Wildes. Sie ließ sich erneut gegen die Wand fallen, erwartete meinen Körper, und ich fasste sie an, meine Finger ertasteten, gedämpft, abgeschwächt durch den dünnen Stoff ihres T-Shirts, ihre Schamhaare. Sie war nackt unter ihrem T-Shirt, ich hatte meine Hand unter das Kleidungsstück geschoben, und meine Finger spürten, wie die Haut ihrer Bauchdecke unter der Berührung zu zittern begann, wir verschmolzen miteinander, waren uns selbst nicht mehr bewusst, ich hörte ihren Atem stöhnend vor Verlangen an meinem Hals, ihre Schenkel waren heiß, ich streichelte ihren Bauch, ließ vorsichtig einen Finger in ihr Geschlecht gleiten, und ein heißer, feuchter, süßer Schauder durchfuhr meinen Körper.

Alles hatte nur einen kurzen Augenblick gedauert, Marie hatte sich mir mit Anmut entwunden, sich aus der Umarmung befreit und schaute mich im Halbdunkel zärtlich an. Tränen waren geflossen, während ich sie umarmt hatte, sie hatte sie nicht zurückgehalten, sie nicht weggewischt, stille Tränen, unsichtbar gewissermaßen, die mit der Natürlichkeit eines Herzschlags oder eines Atemzugs über ihre Wangen geronnen waren. Marie, mir gegenüber im Halbdunkel, herzergreifend, mit feuchten Augen, Marie, hin- und hergerissen zwischen widerstreitenden Gefühlen, zwischen Leidenschaft und Zurückhaltung, Marie, die gleichzeitig und im gleichen Maße das Bedürfnis verspürte, sich meiner Umarmung hinzugeben und sich mir zu entziehen, Marie, die das Bedürfnis verspürte, sich mit all ihrer Kraft an meinen Körper zu pressen, um daraus Trost zu schöpfen, und die nicht versucht hatte, ihr körperliches Verlangen zu unterdrücken, das sie in sich hatte aufsteigen spüren in dem Augenblick, als ich sie in meine Arme genommen hatte, Marie, die mich mit ihrem herausfordernden Blick wie magnetisch angezogen hatte, damit ich zärtlich zu ihr war, um sich gleichzeitig aus meiner Umarmung zu befreien, sich schamhaft aus ihr zu lösen, als wäre ihr klar geworden, dass es ganz einfach unmöglich war, sich jetzt zu lieben.

Es war mir nicht gleich zu Bewusstsein gekommen, nicht sofort, auch nicht in den Minuten, die folgen sollten, sondern erst viel später, es kam unversehens wie ein Blitz, verbunden mit einem Gefühl von Panik und Schwindel – trotz der Schwierigkeit, um nicht zu sagen der Unmöglichkeit, das, was das Leben selbst gewesen war, in Worte zu fassen, zu formulieren, was mir im Verlauf des Lebens in einer natürlichen Aneinanderreihung unvermeidbarer und stiller Ereignisse widerfahren war, das aber, sobald es in Sprache gefasst werden sollte, plötzlich unverständlich wurde oder beschämend, wie zum Beispiel bestimmte Mordfälle, die vor Gericht zur Sprache kommen, im Augenblick des Tatgeschehens offenbar eine tatsächliche Plausibilität haben, dann aber, mit dem zeitlichen Abstand und ins unerbittliche Licht der Worte gerückt, buchstäblich absurd, unsagbar und abstrakt werden –, als mir blitzartig bewusst wurde, dass ich zum zweiten Mal in dieser Nacht meinen Finger in den Körper einer Frau gesteckt hatte.

Als ich wieder in mein kleines Zweizimmerappartement in der Rue des Filles-Saint-Thomas zurückkam, fand ich die Wohnung verlassen vor, Marie war nicht mehr da. Das Bett war leer, die Laken zerwühlt, gräuliches Licht drang durch das halb geöffnete Fenster, die Bettdecke lag zerknittert und zu einer Kugel zusammengeknüllt auf dem Boden. Als ich hinging, um sie aufzuheben, entdeckte ich in einer Mulde des Bettes auf dem Laken, mit dem die Matratze überzogen war, zwei oder drei Tropfen getrocknetes Blut. Keine runden roten regelmäßigen Flecken, eher zwei parallele Schlieren, eine größere und eine kleinere (die kleinere ein geschrumpftes Zwillingsecho der größeren), die sich durch einen Kontakt oder eine Reibung über eine Länge von zwei oder drei Zentimetern hinzogen, die Spuren kaum mehr zu sehen, die Konturen verblichen und undeutlich, versteinerte Schlieren, zwei bräunlich-bleiche Abgüsse kleiner, langgezogener Cephalopoden oder gepanzerter Krebstiere.

Marie, die andere Marie, hatte mir in dieser Nacht gesagt, ich hatte verstanden, sie hatte es mir zu verstehen gegeben, als wir vom Restaurant in das kleine Zweizimmerappartement in der Rue des Filles-Saint-Thomas zurückkamen, sie hatte es nicht ausdrücklich gesagt, dann aber die ganze Nacht ihren Slip anbehalten, und ich hatte auch keinen Versuch unternommen, ihn ihr auszuziehen, ich hatte verstanden, ohne dass sie mir etwas hätte sagen müssen, nach unserer Rückkehr hatten wir uns umarmt und auf dem Bett geküsst, uns war zu heiß, wir schwitzten auf dem zu schmalen Bett, waren beide schweißbedeckt, der feuchte Rücken klebte am Laken, ich hatte sie in der schwülen Dunkelheit der Nacht gestreichelt, in dem Zimmer, in das kein Lüftchen drang, ich knetete vorsichtig den dünnen blassblauen Seidenstoff ihres Slips, der sich unter meinen zärtlichen Bewegungen dehnte und verformte, der Regen fiel mit Wucht durch das offene Fenster, wir umarmten uns halbnackt auf dem zu schmalen Bett, ich hörte mit geschlossenen Augen das Donnergrollen des Gewitters, als wäre es auf

Elba, ich wusste nicht mehr, wo ich war, ich wusste nicht mehr, mit wem ich war, deutete mit der einen die Handgriffe an, die ich mit der anderen vollendet hätte, verloren, wie ich war im beschränkten Register der Gesten der Liebe – Austausch von Zärtlichkeiten, Nacktheit, Dunkelheit, Feuchtigkeit, Sanftheit –, und erst später bemerkte ich, dass auf meiner Fingerspitze etwas Menstruationsblut war.

Und von diesen paar Tropfen Blut auf meinem Finger ausgehend, ließ ich in Gedanken den roten Faden abspulen und machte mir klar, welchen unsinnigen Kreislauf dieses Blut in dieser Nacht zurückgelegt hatte, einen Kreislauf, der bei Marie begann und mich zu Marie führte. Dieses Blut, das sehr schnell keine Farbe, keine Konsistenz, keinerlei Viskosität mehr gehabt haben dürfte, nicht einmal mehr stoffliche Realität, weil in der Zwischenzeit die verschiedensten Berührungen stattgefunden hatten, mit Stoffen und meiner Haut, mit der umgebenden Luft, mit dem Laken und meinen Kleidern, jede zusätzliche Berührung musste sie etwas mehr abschwächen, verblassen, verschwimmen lassen, und der Regen hatte ein Übriges getan, um diese wenigen Blutpartikel vollständig aufzulösen, die auch dann, wenn sie materiell nicht mehr existierten, eine unauslöschliche symbolische Existenz behielten, in Gedanken konnte ich ihren Weg nachvollziehen, ausgehend vom Körper Maries, dem sie entstammten, folgte ich in Gedanken der

Spur zu all den Orten, an denen ich mich nacheinander in dieser Nacht aufgehalten hatte, denn ich hatte sie überall dorthin getragen, wo ich gewesen war, vom Schlafzimmer des kleinen Zweizimmerappartements in der Rue des Filles-Saint-Thomas ins Treppenhaus des Gebäudes, die Treppen hinunter auf die Straße hinaus, quer durch Paris in die Rue Vivienne, in die Rue Croix-des-Petits-Champs, durch Sturm und Regen, als hätten die Elemente Feuer und Wasser diesen verrückten Wettlauf der unsichtbaren Blutpartikel begleitet, die ich an meiner Fingerspitze mit mir trug, in der Nacht, als ich zu Marie gegangen bin.

Ich betrachtete die paar getrockneten Blutflecken auf meinem Bett, und obwohl ich sehr wohl wusste, worum es sich handelte, brachte ich sie in einer Art Schwindel und grenzenloser Verwirrung meiner Gedanken mit Jean-Christophe de G. in Verbindung, als wäre dieses Blut sein Blut, als wären in meinem Bett ein paar Blutstropfen von Jean-Christophe de G., Blut, das Jean-Christophe de G. in dieser Nacht in der Wohnung Maries vergossen hatte, Blut, das ihm gehörte, Blut eines Mannes – Blut, das von einem gewaltvollen, tödlichen Drama stammte –, und nicht das, was es war, Blut einer Frau, zartes, weibliches, lebensspendendes Blut, sondern Blut eines Unglücks, und in einem plötzlichen irrationalen Anfall von Schrecken – oder von Hellsichtigkeit – begriff ich, dass ich, falls Jean-Christophe de G. in dieser Nacht sterben sollte, über dieses Blut auf meinem Laken Rechenschaft ablegen und erklären müsste, auf welche Weise dieses menschliche Blut in mein Bett gekommen war, dieses schwindelerregende, tote und gleichzeitig lebendige Blut – dieses beschämende Blut – in der Nacht des Todes von Jean-Christophe de G. eine Verbindung von Marie zu Marie hatte stiften lassen.

Marie rief mich um die Mittagszeit an, um mir seinen Tod mitzuteilen. Jean-Baptiste ist gestorben, sagte sie mir (und ich wusste nicht, was ich antworten sollte, ich hatte immer geglaubt, sein Name sei Jean-Christophe).

II

In Wahrheit hieß Jean-Christophe de G. Jean-Baptiste de Ganay – ich erfuhr es einige Tage später, als ich zufällig auf die Todesnachricht stieß, die seine Familie in *Le Monde* veröffentlicht hatte. Der Nachruf war kurz und schmucklos. Einige wenige Zeilen in kleinem Schriftgrad, keine Einzelheiten zu den Umständen seines Todes. Die Namen der engsten Angehörigen. Seine Frau Delphine. Sein Sohn Olivier. Seine Mutter Gisèle. Nichts weiter, eine Bekanntmachung anstelle einer Todesanzeige. Ich sann einige Augenblicke über sein Geburtsdatum nach, 1960, ein Datum, das mir plötzlich wie in weite Ferne gerückt erschien, versunken in tiefster Vergangenheit, in einem weit zurückliegenden, nebelhaften und zu Ende gegangenen 20. Jahrhundert, eine so ganz andere Zeit für die künftigen Generationen, mehr noch als für uns das 19. Jahrhundert, wegen dieser beiden albernen Zahlen am Beginn des Datums, diese merkwürdig angestaubten 1 und 9, die an jene ebenso unwirklichen *Turbigo* und *Alma* erinnerten, mit denen einst die Pariser Telefonnummern begannen. Und doch war ein Mann unserer Zeit gestorben, ein Zeitgenosse in der Blüte seiner Jahre, sein Geburtsjahr schien mir aber schon seltsam aus der Mode gekommen, als sei es zu Lebzeiten abgelaufen, ein schlecht gealtertes Datum, das bald nicht mehr gültig gewesen wäre und das das Leben schnell mit seiner Patina überziehen würde, denn wie ein schleichendes Gift barg es schon den Keim des eigenen Verschwindens und der endgültigen

Auslöschung in diesem umfassenden Lauf der Zeit in sich.

Lange Zeit bin ich der Meinung gewesen, dass ich Jean-Christophe de G. außer in der Nacht seines Todes nie gesehen hatte. In dieser Nacht war er mir gerade einmal für ein paar Sekunden erschienen. Beim Abtransport vor der Toreinfahrt des Gebäudes in der Rue de La Vrillière war er mir, auf der Trage liegend, wie eine Gestalt aus einem Traum oder Alptraum erschienen, ein Schreckgespenst, spontan aus dem Nichts entstanden, als hätte er dieses Nichts nur für einen kurzen Moment verlassen, um gleich darauf für immer wieder darin zu verschwinden, ein auf Anhieb komplettes Bild, das sich lückenlos, in sich stimmig und in allen Einzelheiten plötzlich vor mir materialisiert hatte, nichts war ihm vorausgegangen, nichts folgte ihm, gleichsam *ex nihilo* erschaffen aus der Substanz der Nacht – die jähe Erscheinung vor meinen Augen, dieser leblos auf einer Trage liegende Mann, dessen erschreckend weißes Gesicht unter einer Sauerstoffmaske verborgen war, der schon fast nichts Menschliches mehr hatte, vollständig auf seine Socken reduziert zu sein schien, die sein Wappen geworden waren und seine Farben, schwarze, feingesponnene Socken aus bester Seide, noch heute sehe ich vor meinen Augen ihre Textur und ihren Glanz, das blass schimmernde Schwarz! In diesem Moment glaubte ich, es sei das erste Mal gewesen, dass ich ihn sah, aber ich hatte ihn schon einige Monate zuvor in Tokio gesehen. Es war ganz ohne Zweifel an jenem Tag in Tokio, an dem ich Jean-Christophe de G. das erste Mal gesehen hatte, völlig unerwartet war er dort an der Seite von Marie aufgetaucht, zwar nicht Hand in Hand, aber es war nicht zu übersehen, dass sie ein Paar waren, das war mir sofort ins Auge gesprungen, ein Mann, älter als sie, die Vierzig schon verweht, eher an die Fünfzig, gutes Aussehen, viel Klasse, elegant, gekleidet mit einem langen schwarzen Kaschmirmantel und einem dunklen Schal, er hatte etwas schütteres, nach hinten gekämmtes Haar. Das ist das einzige Bild, das mir von ihm geblieben ist, sein Gesicht aber fehlt und wird wohl jetzt für immer fehlen, denn danach habe ich nie mehr ein Foto von ihm gesehen.

In den auf den Tod von Jean-Christophe de G. folgenden Tagen suchte ich im Internet nach seinem Namen und war überrascht, auf viele ihn betreffende Verweise zu stoßen, auf ihn persönlich, auf seine Vorfahren und seine Familie. Ich konnte diese Hinweise mit den wenigen Informationen abgleichen, die Marie mir über ihn gegeben hatte, spärliche Mitteilungen, die sie mir über ihre Beziehung anvertraute. Noch in der Nacht seines Todes vertraute sie mir an, dass sie ihn in Tokio bei der Vernissage ihrer Ausstellung im *Contemporary Art Space* von Shinagawa kennengelernt hatte. Aus verschiedenen Gründen, die man unschwer nachvollziehen kann, vermied Marie es, mir mehr über Jean-Christophe de G. zu erzählen, zu sehr stand sie noch unter dem Schock, nur widerstrebend beantwortete sie mir Fragen zu seiner Person, aber ein paar vertrauliche Details waren ihr dann doch unbeabsichtigt herausgerutscht, als wir am Anfang des Sommers vor ihrer Abreise nach Elba einmal gemeinsam zu Abend aßen, intimere Bekenntnisse, die sie später bereute, mir gegenüber gemacht zu haben, Indiskretionen über diese Beziehung, Details, deren ich mich sofort bemächtigte, um sie in meiner Phantasie fortzuspinnen. Marie berichtete mir auch einiges über jene Affäre, die die letzten Monate im Leben von Jean-Christophe de G. überschattet hatte. In meiner Phantasie fügte ich hinzu, was fehlte, und versuchte, die im Schattenbereich liegenden unklaren Einzelheiten über seine Geschäfte ans Licht zu bringen, wobei ich durchaus nicht auf den Klatsch und die Gerüchte aus den zwielichtigsten Quellen verzichtete, die, ohne Beweis und zusätzliche Überprüfung, in sichtlich böswilliger Absicht in der Presse gegen ihn lanciert worden waren – denn bis zu jenem Tag gab es keinen einzigen Beweis, dass sich Jean-Christophe de G. jemals gegen das Gesetz vergangen hätte.

So konnte es geschehen, dass ich ausgehend von einem einfachen Detail, das mir Marie anvertraut hatte, das ihr wie nebenher herausgerutscht war oder das ich ihr entlockt hatte, meinen Gedanken freien Lauf ließ und ein Gerüst um das Ganze baute, wobei ich gelegentlich die

Tatsachen manipulierte und übertrieb, um nicht zu sagen dramatisierte. Ich konnte falsch liegen, was die Absichten Jean-Christophe de G.s betraf, ich konnte seine Aufrichtigkeit anzweifeln, wenn er beteuerte, von jemandem in seinem Umkreis hereingelegt worden zu sein. Ich war sicher fähig, den böswilligen Gerüchten Glauben zu schenken und derart die ihn betreffenden Verdachtsmomente zu stärken. Ich weiß nicht, bis zu welchem Grad er persönlich in die Affäre verwickelt war, die ihm zur Last gelegt wurde, habe keine Ahnung, inwieweit das Gerede, wonach er erpresst worden sei, zutraf (schließlich hatte mir Marie eines Abends gesagt, sie habe den Eindruck, dass er in den letzten Tagen vor seinem Tod eine Waffe bei sich trug). Ich täuschte mich vielleicht manchmal in Jean-Christophe de G., niemals aber in Marie, ich wusste in allen Situationen, wie Marie sich verhielt, ich wusste, wie Marie reagierte, ich kannte Marie auf eine bestimmte instinktive Weise, ich besaß von ihr ein naturgegebenes inneres Wissen, ich besaß das absolute Verstehen: Ich wusste die Wahrheit über Marie.

Was wirklich zwischen Marie und Jean-Christophe de G. in den wenigen Monaten ihrer Bekanntschaft geschehen war, während dieser Beziehung, die sich, rechnet man einmal nach, wie häufig sie sich gesehen haben, auf ein paar gemeinsam verbrachte Nächte beschränkte, vier oder fünf Nächte, mehr nicht, verteilt über einen Zeitraum von Ende Januar bis Ende Juni (zu denen man vielleicht noch ein Wochenende in Rom, ein oder zwei Mittagessen und den gemeinsamen Besuch einiger Ausstellungen hinzuzählen musste), was wirklich geschehen war, konnte niemand wirklich wissen. Ich vermochte mir nur die Gesten Maries auszumalen, wenn sie mit ihm zusammen war, ich konnte mir ihre geistige Verfassung und ihre Gedanken vorstellen, ausgehend von bestimmten Details, die sich als richtig herausgestellt haben oder von mir richtig kombiniert worden sind, die gesichert waren oder vielleicht auch nur in meiner Phantasie existierten, Einzelheiten, die ich mit bestimmten gravierenden oder schmerzlichen Ereignissen, von denen ich wusste, dass sie Jean-Christophe de G. widerfahren waren, ergänzen konnte, um so wenigstens ein paar unbestrittene Elemente der Wahrheit in das unvollständige, rissige, lückenhafte, so unzusammenhängende und widersprüchliche Mosaik einzufügen, das die letzten Lebensmonate Jean-Christophe de G.s für mich darstellten.

In Wahrheit aber hatte ich mich von Anfang an in Jean-Christophe de G. getäuscht. Zunächst, weil ich ihn immer nur Jean-Christophe genannt habe, obwohl er doch Jean-Baptiste hieß. Ich habe mich sogar in Verdacht, mich in voller Absicht in diesem Punkt geirrt zu haben, um mich nicht um das Vergnügen zu bringen, seinen Namen zu entstellen, nicht, weil Jean-Baptiste schöner oder auch eleganter als Jean-Christophe gewesen wäre, es war einfach nicht sein richtiger Vorname, und diese kleine posthume Demütigung reichte zu meinem Glück aus (wäre sein Vorname Simon gewesen, hätte ich ihn Pierre genannt, ich kenne mich). Dann war ich immer davon ausgegangen, dass Jean-Christophe de G. Geschäftsmann sei (was nicht wirklich stimmte) und dass er in der Welt der Kunst tätig gewesen sei, ein Galerist oder Kunsthändler, der internationale Kunst verkaufte, oder ein Sammler, und dass er in Tokio auf diesem Weg Marie kennengelernt hatte. Nun stimmt es zwar, dass er gelegentlich Kunstwerke gekauft hat (dann aber eher Gemälde alter Meister, Stilmöbel oder antiken Schmuck), doch war das in keinster Weise seine Haupttätigkeit. Jean-Christophe de G. war wie schon sein Großvater, vor allem aber sein Urgroßvater Jean de Ganay, eine prominente Persönlichkeit des klassischen französischen Pferderennsports, Pferdezüchter, Pferdebesitzer und Mitglied des Pferdezüchterverbands. In dieser Eigenschaft, als Besitzer eines Rennpferdes, war er Ende Januar nach Japan gekommen, wo eines seiner Pferde am *Tokyo Shimbun Hai* teilnahm, und es war purer Zufall, dass er sich zu jener Zeit in Tokio aufgehalten und die Vernissage von Maries Ausstellung im *Contemporary Art Space* von Shinagawa besucht hatte. Und dort, am Abend der Vernissage ihrer Ausstellung, hatte er Marie zum ersten Mal gesehen und ihre Bekanntschaft gemacht und sie erobert (und man kann sich fragen, in welcher Reihenfolge das geschah, das Ganze musste wie der Blitz passiert sein).

Die Farben des Rennstalls der Ganays – jockeyjackengelb, mützengrüngrün – hatte der Urgroßvater Jean-Christophe de G.s zu Beginn des 20. Jahrhunderts ausgewählt, der von 1933 bis zu seinem Tod Präsident des Pferdezüchterverbands gewesen war. Dieser glanzvolle zur Förderung der Zucht reinrassiger Rennpferde in Frankreich ins Leben gerufene Verband war ein Jahrhundert zuvor von Lord Henry Seymour, auch genannt *Lord Brüller*, gegründet worden (man weiß nicht so recht, wie er zu diesem amüsanten Spitznamen gekommen war, der an Unterwelt, Vorstädte und Lumpengesindel denken lässt, vielleicht hatte es mit seinem Vorleben zu tun, seinen Gewohnheiten, seinen Sitten?), und diesem Verband verdankte man die Modernisierung des Hippodroms von Longchamp, die Einsetzung von Wettkampfrichtern und die ersten, noch rudimentären medizinischen Dopingkontrollen am Pferdespeichel. Es ist also nicht ohne eine gewisse Pikanterie, dass ausgerechnet ein Vorfahre von Jean-Christophe de G. die ersten Dopingkontrollen im Pferderennsport eingeführt hatte, bedenkt man, in welchem Maße die letzten sechs Monate seines Lebens durch die Zahir-Affäre überschattet waren, benannt nach dem Vollblüter, der für das *Tokyo Shimbun Hai* gemeldet war.

Nicht so sehr das Scheitern des Pferdes in Tokio selbst als vielmehr die Umstände dieses Scheiterns waren es gewesen, was Jean-Christophe de G. so nahegegangen ist und seine letzten Lebensmonate so in Mitleidenschaft gezogen haben dürfte. Nach der Rückkehr des Pferdes nach Frankreich ließen die Gerüchte nicht lange auf sich warten, und dem sich anbahnenden Skandal war umso mehr Neugierde beschieden, als er nie wirklich ausgebrochen war. Offiziell gab es keine Zahir-Affäre, dem Pferd wurde nichts Konkretes zur Last gelegt, aber die Gerüchte hielten sich hartnäckig, von zweifelhaften Testergebnissen war die Rede, von verbotenen Substanzen, die man im Urin des Pferdes entdeckt hätte (man hatte nicht offen von Anabolika gesprochen, aber von Sekundärsubstanzen zu ihrer Verschleierung), und es wurden Verbindungen publik zwischen dem Trainer des Pferdes und einem berüchtigten spanischen Tierarzt, der auch im Dunstkreis von Radrennfahrern und Gewichthebern aufgetaucht war (bei Letzteren dürften seine Fachkenntnisse als Tierarzt natürlich Wunder gewirkt haben). Um das Scheitern Zahirs beim *Tokyo Shimbun Hai* und die lange Liste der darauf folgenden unerklärlichen Komplikationen und Malaisen zu erklären, hieß es offiziell, es handele sich um die Folgen eines nicht abgeheilten Zahnabszesses, der sich am Tag des Rennens an einer unsterilen Kandare entzündet hatte und mit Injektionen von Antibiotika und anderen nichtsteroidalen entzündungshemmenden Mitteln behandelt werden musste, um das Fieber zu bekämpfen, aber niemand wollte so richtig daran glauben, dass die Asientournee eines rund um die Uhr von einer ganzen Mannschaft hochspezialisierter Tierärzte gepflegten und überwachten Pferdes von einem Tag auf den anderen wegen der simplen Entzündung eines Zahnes beendet sein konnte. Jeder weitere Einsatz Zahirs, seine Teilnahme am *Singapur Cup* oder am *Audemars Piquet Queen Elizabeth II* in Hongkong wurde auf der Stelle und ohne jede Erklärung abgesagt und annulliert. Jean-Christophe de G. hatte noch am selben Tag den Trainer entlassen, sich auch schweren Herzens von allen anderen Personen, die das Pferd nach Tokio begleitet hatten, getrennt, der Vollblüter war nach seiner Rückkehr nach Frankreich sofort allen Blicken entzogen und aufs Land, in das Gestüt von Rabey in Quettehou am Ärmelkanal, gebracht worden, in die Stallungen der Familie de Ganay, wo man ihn den Rest des Jahres nicht mehr zu Gesicht bekommen sollte.

Die Entscheidung, das Pferd so unauffällig wie möglich aus Japan herauszuschmuggeln, war in aller Eile an dem Montagmorgen nach dem Rennen getroffen worden, Jean-Christophe de G. hatte alle weiteren Verpflichtungen für die kommenden Monate abgesagt und selbst in Dutzenden von Telefonaten alle Details des Rücktransports des Pferdes nach Europa geregelt, sich danach mit dem Kommissar der JRA, des japanischen Pferderennsportverbands, in Verbindung gesetzt, mit dem er enge

Verbindungen unterhielt, da er zusätzliche Probleme am Zoll befürchtete. Am Ende dieses Telefonats traf er die Entscheidung, noch am selben Tag zurückzureisen und persönlich das Pferd nach Europa zu begleiten. Daraufhin rief er Marie an und schlug ihr vor, mit ihm zurückzufahren, und zu seiner großen Überraschung nahm Marie sein Angebot an, ohne sonderlich überrascht zu sein. Doch als das Telefonat beendet war, wurde Marie von einer Welle von Sehnsucht und Trauer überwältigt, als ihr klar wurde, dass sie ohne mich nach Paris zurückfahren würde, wo es doch gerade mal eine Woche her war, dass wir gemeinsam nach Japan gekommen waren.

Das Fenster ihres Hotelzimmers in Tokio war nass, mit Regentropfen gesprenkelt, die in gestrichelten, unterbrochenen Schlieren träge die Fensterscheibe herunterrannen und abrupt, ohne ersichtlichen Grund in ihrem Schwung gebremst, anhielten. Marie hatte den Hörer aufgelegt und war reglos vor der großen Fensterscheibe, die auf das Verwaltungsviertel von Shinjuku zeigte, stehen geblieben, nachdenklich, mit bedrücktem Gesicht schaute sie auf die Stadt hinunter, die fast gänzlich unter dem Regendunst verschwunden war, hielt den Blick auf einen unbestimmten Punkt in der Ferne fixiert, mit jener träumerischen Schwermut, die uns erfasst, wenn uns bewusst wird, dass die Zeit vergeht und wieder etwas vorbei ist, für immer abgeschlossen, und jedes Mal ein Stück mehr, je mehr wir uns dem Ende nähern, dem Ende unserer Liebe und dem Ende unseres Lebens. Jetzt, wo es für sie an der Zeit war, Tokio zu verlassen, dachte Marie an mich – an mich, von dem sie sich genau hier an diesem Ort getrennt hatte, in diesem Hotelzimmer, das wir am Abend unserer Ankunft in Japan miteinander geteilt hatten, dieses Zimmer, in dem wir uns zum letzten Mal geliebt hatten, dieses Bett, in dem wir Liebe gemacht hatten, dieses ungemachte Bett hinter ihr, in dem wir uns entzweit und umarmt hatten. Marie hätte lieber nicht mehr an mich denken wollen, nicht jetzt und nicht später, aber sie wusste sehr genau, dass dies nicht möglich war, dass ich jeden Augenblick wieder gegen ihren Willen auf unterschwellige Weise in ihren Gedanken aufzutauchen drohte, wie eine plötzliche immaterielle Reminiszenz meiner Person, meiner Vorlieben und meiner Art, die Welt zu sehen, die eine oder andere intime Erinnerung eben, die untrennbar mit mir verbunden war, denn ihr wurde bewusst, dass ich selbst als Abwesender in ihr weiterleben und sie in Gedanken heimsuchen würde. Wo ich mich gerade befand, davon hatte sie keine Ahnung. War ich noch in Japan oder war ich bereits nach Europa zurückgekehrt, hatte auch ich meine Rückreise vorverlegt? Und warum hatte sie nichts mehr von mir gehört? Warum hatte ich mich seit meiner Rückreise von Kioto nicht mehr bei ihr gemeldet? Sie wusste es nicht, sie wollte es nicht wissen. Sie wollte nichts mehr von mir hören, kapiert, niemals – Schluss und aus jetzt mit mir.

Als Jean-Christophe de G. Marie am Nachmittag vom Hotel abholen wollte, war sie noch nicht fertig, das Zimmer war noch unaufgeräumt, das Bett nicht gemacht, die Koffer standen weit offen. Marie war mit hundertvierzig Kilo Gepäck nach Japan gereist, verteilt auf mehrere Überseekoffer, Metallkisten, Fotorollen und Hutschachteln, und auch wenn die meisten der Koffer und anderen Gepäckstücke nicht nach Europa zurückgebracht werden mussten (denn die Ausstellung im *Contemporary Art Space* von Shinagawa lief noch mehrere Monate), war Marie das scheinbar Unmögliche gelungen, fast genau so viel Gepäck für ihre Rückreise wie bei ihrer Hinreise zu haben, wenn auch nicht vom Gewicht, so doch zumindest vom Volumen und der Anzahl der Gepäckstücke her, um die Koffer herum hatte sich ein Haufen von Taschen und Tüten aller Größen angesammelt, aus Leder, Leinen oder aus Papier, hart, weiß, kartoniert, mit fleischfarbenen verstärkten Plastikgriffen, gefüllt mit Krimskrams,

Einkaufstüten des Kaufhauses Takashiyama, die mit Bildern blühender roter Rosen bedruckt waren, gefüllt mit Geschenken, die man ihr gemacht hatte, und Geschenken, die sie anderen machen wollte, sie hatte Naturseide und kostbare Stoffe eingekauft, seidene Kimonogürtel und andere nette Kleinigkeiten, Einkäufe aller Art, Papierlampions neben Päckchen mit Algen, Tee in Dosen oder Beuteln, auch frische Lebensmittel, zwei vakuumverpackte Schälchen mit Fugu-Sashimi, die sie in ihrer Minibar zwischen Bierdosen und Minifläschchen mit Alkoholika aufbewahrt hatte. Jean-Christophe de G. musste sie von der Rezeption aus zweimal in ihrem Zimmer anrufen und sie taktvoll bitten, sich zu beeilen, und sie darauf hinweisen, schneller zu machen, da es höchste Zeit sei und das Pferd und die Autos warteten. Für einen kurzen Moment wurde Marie daraufhin beim Packen durch einen kurzen spontanen Schwung belebt und vervielfachte ihre chaotischen Handgriffe in einem Anfall von Panik und gutem Willen (ihr dauerndes Zuspätkommen machte Marie in der Regel durch hektische Beschleunigung auf den letzten Metern wett, im Laufschritt, mit ostentativer Eile und gespielter Hast traf sie bei ihren Rendezvous ein, zu denen sie nicht selten mit mehr als einstündiger Verspätung erschien), fiel dann doch wieder in ihren normalen Trott zurück und packte träge und verträumt ihre Koffer auf dem ungemachten Doppelbett, stellte Tüten und Taschen nachlässig an die Zimmertür, ohne allerdings auch nur eine davon zuzumachen (Marie machte nie etwas zu, nicht die Fenster, nicht die Schubladen – es war zum Heulen, auch die Bücher machte sie niemals zu, sie drehte sie einfach um, wenn sie ihre Lektüre unterbrach, legte sie offen neben sich auf den Nachttisch).

Während Jean-Christophe de G. in der Hotelhalle auf Marie wartete, regelte er noch letzte Details des Rücktransports des Pferdes. Auf einem Sofa neben der Rezeption saß er in Gesellschaft von vier mit Laptops und elektronischen Terminkalendern ausgestatteten Japanern, die ihm als Ersatz für den entlassenen Trainer und dessen Team zur Verfügung gestellt worden waren, um den Transport des Vollblüters zum Flughafen zu begleiten und die Abwicklung der Zollformalitäten zu überwachen. Die vier Japaner, die alle exakt gleich gekleidet waren, marineblaue Blazer mit dem Emblem eines Sportvereins oder Privatclubs, saßen verschwörerisch um Jean-Christophe de G. herum und reichten sich gegenseitig Formulare und Bescheinigungen, die sie flüsternd miteinander studierten. Der Pferdetransporter parkte vor dem Hotel, man konnte seine langgestreckte, reglose Silhouette durch die großen Glasfenster an der Rezeption sehen, ein mit Aluminiumblech verkleideter Van, der aussah wie der Tourbus eines Rockstars, an der Seite zwei kleine, geheimnisvoll vergitterte Fensterluken, die geriffelte und glänzende Karosserie strahlte hellgolden im Scheinwerferlicht der Hotelauffahrt. Die Heckklappe des

Transporters war geöffnet und eine Rampe heruntergelassen worden, damit das Vollblut frische Luft bekam, drei Männer in Lederjacken, Hilfskräfte oder Begleiter, hielten davor Wache, daneben der Fahrer des Wagens, ein alter Japaner im frischgestärkten grauen Arbeitsoverall, oben geöffnet, man sah den Krawattenknoten, der gleichfalls die unmittelbare Umgebung des Hotels überwachte und dabei eine Zigarette rauchte. Da der Aufenthalt länger zu dauern schien als geplant, nutzte man die Gelegenheit, um dem Pferd zu trinken zu geben, einer der eleganten Japaner im marineblauen Blazer war mit einem glänzenden Metalleimer diskret zur Hoteltoilette gegangen, einem nagelneuen Eimer mit eingraviertem Wappen und Initialen, man hätte meinen können, in denselben Farben wie der Transporter, eines seiner Accessoires, Teil seines Arsenals, kam dann mit dem Eimer in seiner mit durchsichtigen antiseptischen Chirurgenhandschuhen geschützten Hand zurück, durchquerte in aller Würde die Hotelhalle und ging mit steifem, zeremonienhaftem Schritt zum Transporter zurück (ohne dass man genau gewusst hätte, ob er nun diesen Eimer in den Hoteltoiletten gefüllt hatte oder ob er nicht vielmehr einen alten Eimer voller Pferdeäpfel und verpisstem Stroh dort geleert hatte, um den Pferdetransporter zu säubern).

Sobald Jean-Christophe de G. Marie die Hotelhalle betreten sah – sie kam gemessenen Schritts, geradeaus nach vorne blickend, mit abwesender Miene und fahlen Augen, im Licht der Hotellüster folgten ihr Hoteldiener auf dem Fuße, die zwei vergoldete Gepäcktrolleys schoben, auf denen sich der bunt zusammengewürfelte Haufen ihres Gepäcks türmte –, beendete er seine kleine improvisierte Gesprächsrunde, sprang übereifrig auf, um ihr entgegenzueilen, und nahm ihr fürsorglich die kleine Plastiktüte mit den Fugu-Sashimi ab. Wir müssen sofort aufbrechen, wir sind sehr in Eile, sagte er zu ihr und hatte keine Ahnung, was er mit der kleinen Plastiktüte mit den Fugu-Sashimi anfangen sollte, die er in der Hand hielt, aber Marie sagte nichts, antwortete nichts, sie ließ sich führen, folgte ihm wortlos zum Ausgang – Marie, die Augen im Vagen, in Rock und schwarzen Stiefeln, ihren langen Ledermantel über dem Arm, dessen Gürtel lose herunterhing und hinter ihr auf dem Boden schleifte. Eine große Mietlimousine japanischer Bauart wartete vor dem Hotel auf sie (mit üppigen cremefarbenen Ledersitzen, kleinen bestickten Deckchen auf den Kopfstützen und automatisch verstellbaren Armlehnen, mit Schaltern bestückt und mit der Aufschrift MAJESTA), mehrere Hoteldiener machten sich eilig am Gepäck zu schaffen und verstauten den chaotischen, bunt gemischten Haufen von Maries Tüten und Taschen im Kofferraum und auf dem Beifahrersitz, die vier Japaner in den marineblauen Blazern mit Emblem hatten in der Zwischenzeit ihre Sachen zusammengepackt und in einem engen Minibus Platz genommen, der nicht weit davon entfernt geparkt war und auf dessen Türen ein goldenes Monogramm prangte. Es gab derart viele Gepäckstücke auf den Trolleys von Marie, dass die Hotelangestellten noch Gepäck zum Minibus bringen mussten. Die vier in ihre winzigen Sitze gezwängten Japaner sahen zu, wie die Hoteldiener immer mehr Taschen neben sie in dem Minibus aufstapelten, man konnte ihre leidenschaftslosen Silhouetten durch die Fenster sehen, inmitten des anwachsenden Durcheinanders von bebänderten Geschenkkartons, geblümten Papiertüten und rüschenbesetzten Beuteln. Es mussten Anwälte gewesen sein, Juristen jedenfalls, vielleicht Mitglieder eines japanischen Rennsportverbands, einer von ihnen hatte gefärbte Haare und ein elegantes mauvefarbenes Einstecktuch, das aus der Brusttasche seines Blazers herausragte (was ihm einen mehr künstlerischen, unkonventionellen Status verlieh, ein Tierarzt, wer weiß?).

Der Konvoi hatte sich in Bewegung gesetzt und fuhr in Zeitlupe die Auffahrt des Hotels hinunter, der kleine Minibus vorneweg, gefolgt von der Limousine und dem imposanten Pferdetransporter aus Aluminium, der nur mühsam und mit größter Vorsicht um die Kurven kam. Ohne Zwischenfall kamen sie einige hundert Meter voran, verließen das Verwaltungsviertel von Shinjuku und bogen auf eine breite Straße ab, die zur Autobahn in Richtung Narita Airport führte. Doch schon bald hingen sie mitten in einem Stau fest. Nur noch meterweise ging es weiter, sie waren gefangen im Verkehr, schließlich blieb der Konvoi in der Eintönigkeit eines verregneten Spätnachmittags stecken. Durch das beschlagene Heckfenster der Limousine blickte Marie auf die monumentalen Umrisse des Pferdetransporters aus Aluminium, dessen mächtige Scheinwerfer hell im Regen des sich zum Ende neigenden Tages erstrahlten – der Transporter, der nur noch zentimeterweise vorankam, schaukelte majestätisch-leicht auf der nassen Chaussee, mit knirschenden Reifen, knarrenden Achsen. Marie beobachtete den riesigen, undurchschaubaren und mysteriösen Pferdetransporter hinter ihr im Regen, wie gestrandet mitten im Verkehr Tokios, mit seinen beiden geheimnisvoll vergitterten Luken an den Seiten, hinter denen sich die lebendige, vibrierende und warme Gegenwart eines unsichtbaren Vollbluts erahnen ließ.

Jean-Christophe de G. hatte seinen Mantel nicht ausgezogen, nicht einmal seinen Schal abgelegt. Tief in seinen Sitz gedrückt, von Marie durch die enorme, automatisch verstellbare Armlehne getrennt, telefonierte er unablässig auf Englisch mit verschiedenen Gesprächspartnern, sein Oberschenkel hüpfte dabei in einem andauernden, kaum wahrnehmbaren Auf und Ab, er schlug hektisch den Takt mit der Schuhspitze, dann beendete er sein Gespräch – ohne indessen das Telefon einzustecken, schon wieder bereit, die nächste Nummer zu wählen –, richtete ein verkrampftes Lächeln an Marie und strich zärtlich, aber ohne Überzeugung mit der Hand über ihren nackten Arm, eher mechanisch, sein Bein wurde immer noch von einer Welle der Nervosität bewegt, die er nicht unterdrücken konnte. Jean-Christophe de G. wusste natürlich, dass die Zollabfertigung im Frachtterminal von Narita Airport um Punkt 19.00 Uhr schließen würde und es keine Mittel und Wege gab, diesen Zeitplan zu beeinflussen (es war ein starrer japanischer Zeitplan), es bestand keine Hoffnung, eine zusätzliche Frist zu bekommen, nicht die geringste Chance auf eine Ausnahme. Anders ausgedrückt, entweder kam das Pferd vor 19.00 Uhr am Flughafen an, und sie konnten das Flugzeug nehmen, oder aber sie hatten Verspätung, und das Pferd würde beim Zoll im Frachtterminal von Narita Airport festsitzen, mit allen nicht vorhersehbaren Folgen, die das haben konnte.

Obwohl Jean-Christophe de G. davon ausgehen konnte, dass alle Papiere des Pferdes in Ordnung, die Impfzertifikate auf dem neuesten Stand waren und auch die Ausfuhrgenehmigung erteilt worden war, befürchtete er letzte Komplikationen bei der Zollabfertigung, ein nicht erwartetes, in allerletzter Sekunde gefordertes Dokument etwa, und während er Marie seine Befürchtungen mitteilte, tippte er weiter Nummer um Nummer in das Display seines Telefons. In Wirklichkeit – und Marie wurde es erst in diesem Augenblick klar – waren die Personen, mit denen er seit der Wegfahrt vom Hotel so unablässig am Telefon sprach, keine anderen als die vier Japaner, die nur ein paar Meter vor ihnen in dem Minibus saßen. Auf diese Weise hielt er ohne Unterbrechung die Unterhaltung mit ihnen aufrecht, nicht mit einem Bestimmten von ihnen, der der Sprecher der Japaner hätte sein können, sondern abwechselnd mit allen vieren, je nachdem, um welche Frage es ging und welcher Spezialist gefragt war, ihre Telefone mussten im engen Minibus dauernd klingeln oder vibrieren und sie zwingen, der Reihe nach seine Anrufe entgegenzunehmen und sich zu bemühen, Jean-Christophe de G. zu beruhigen, mit immer denselben Argumenten seine Befürchtungen zu zerstreuen, ihm dabei immer zuzustimmen, niemals Nein zu sagen, ihm systematisch in seinem Sinne beizupflichten mit ihrem mehrdeutigen und in sich widersprüchlichen *»Yes« (»Yes, I don't know«),* was ihn nur noch mehr in Unruhe versetzte.

Der Verkehr floss wieder normal, aber der Regen fiel jetzt stärker als zuvor, begleitet von heftigen Windböen, die gegen die metallene Umwandung des Vans stießen, der mit hoher Geschwindigkeit die Autobahn entlangfuhr. Schon kam Narita Airport in Sicht, erste Hinweise kündeten ihre unmittelbar bevorstehende Ankunft an: das Narita Hilton am Straßenrand, ein großes, in dieser regentriefenden Nacht hell strahlendes Schild, das für die Fluggesellschaft ANA warb. Das Flughafengelände war durch einen doppelten Metallzaun mit Stacheldraht gesichert, dahinter erstreckte sich im Dunkel ein weitläufiges, mysteriöses Gebiet. Vor der Zufahrt zum Flughafen verlangsamte der Konvoi sein Tempo und reihte sich in eine der Warteschlangen vor einer Polizeikontrolle ein. An einem Portal, das wie eine Autobahnmautstation aussah, standen mehrere Polizisten in durchsichtigen Regencapes und regelten mit fluoreszierenden Stöcken die Durchfahrt der Autos. Ein Polizist stieg zu den Japanern in den Minibus, prüfte mit schnellem Blick deren Pässe, die sie ihm zuvorkommend entgegenhielten, deutete mit einem Finger auf jeden Pass und verließ den Wagen dann gleich wieder, während ein anderer Polizist aus dem Wächterhäuschen kam und sich der Limousine näherte. Jean-Christophe de G. betätigte mit dem Drücken eines Schalters in seiner Armlehne den elektrischen Fensterheber und streckte ihm ins Dunkel seinen Pass entgegen, seinen Pass und den des Pferdes, weil das Pferd ebenfalls einen offiziellen, in Plastik eingeschweißten, fälschungssicheren, persönlichen Identitätsnachweis besaß (mit Foto, Geburtsdatum und Stammbaum). Der Polizist öffnete den Pass von Jean-Christophe de G., betrachtete das Foto und reichte ihn ihm zurück, dann öffnete er den Pass des Pferdes, beugte sich ins Wageninnere und musterte einen Moment etwas aufmerksamer Maries Gesicht (aber bitte, selbst in diesem Halbdunkel hätte niemand Marie für ein Pferd halten können). Jean-Christophe de G., der begriff, dass hier eine Verwechslung drohte, bat Marie – die sich geistesabwesend von all dem nicht angesprochen fühlte –, dem Polizisten ihren Pass zu zeigen. Doch Marie hatte, wenn es darauf ankam, schon immer größte Mühe gehabt, ihren Pass zu finden, sie schreckte aus ihrem Dämmerzustand auf, ihr Gesicht nahm bereits schuldbewusst die jetzt auf sie zukommende schmerzvoll-vergebliche Suche vorweg und ließ sich von einer Aufwallung chaotischer Frenesie erfassen, jener eigenartigen Mischung aus gutem Willen und Panik, die so typisch für sie ist, wenn sie etwas sucht, und verzweifelt begann sie, ihre Handtasche zu durchwühlen und auf den Kopf zu stellen, holte Kreditkarten, Briefe, Rechnungen, ihr Mobiltelefon heraus, ließ ihre Sonnenbrille auf den Boden fallen, erhob sich von ihrem Sitz, wand sich hin und her, um die Taschen ihres Rocks zu durchsuchen, ihres Jacketts, auch ihres Mantels, immer versichernd, dass sie ihren Pass mit sich führe, nur nicht mehr wisse, wohin sie ihn gesteckt habe, in welcher der Taschen oder welchem Koffer er sein könne, genau dreiundzwanzig Gepäckstücke hatte sie dabei (nicht mitgezählt die Tüte mit den Fugu-Sashimi, in die sie, um ihr Gewissen zu beruhigen, ebenfalls einen Blick warf). Aber es war vergeblich, der Pass blieb unauffindbar. Sie mussten aus der Limousine aussteigen – Jean-Christophe de G. gab sich beherrscht, sagte zu ihr mit tonloser Stimme, es sei nicht so schlimm, während er mit finsterer Miene auf seine Uhr blickte – und im Regen den Kofferraum öffnen, das Gepäck herausholen und es unter den eiskalten und gleichgültigen

Augen des Polizeibeamten vor Ort auf der Straße öffnen. Ich muss ihn im Hotel vergessen haben, sagte Marie, sie sagte es in aller Unbekümmertheit, fast beschwingt, als würde die Aussicht auf das Schlimmste – in der Polizeikontrolle von Narita Airport keinen Pass zu haben – sie begeistern, sie gar berauschen, als stellte sie sich schon vor, wie komisch die ganze Geschichte sein würde, wenn man sie später einmal im Rückblick erzählen würde. Diese Phantasie, diese Leichtigkeit, diese entzückende, strahlende, bezaubernde Unbekümmertheit war Teil ihres Charmes, eine ihrer sichersten Eigenschaften, und wäre natürlich umso herzerfrischender gewesen, wenn man nicht direkt davon betroffen gewesen wäre. In allererster Linie betroffen aber war in diesem Fall Jean-Christophe de G., der sie fest an beiden Armen packte (sein zuvor so galantes Verhalten begann, Risse zu bekommen) und sie aufforderte, genau nachzudenken, wo sie ihren Pass hingetan hatte. Aber ich weiß es doch nicht, antwortete ihm Marie – er fing an, ihr mit seiner Fragerei auf die Nerven zu gehen –, vielleicht suchen wir einmal in dem Handköfferchen, in dem das Flugticket ist, schlug sie ihm vor. Und sie fischte das lederne Köfferchen aus dem Kofferraum, fand darin sofort ihren Pass und hielt ihn dem Beamten entgegen, der seinerseits kaum einen Blick darauf warf (es war nur eine einfache Routinekontrolle an der Einfahrt zum Flughafen).

Wieder in die Limousine eingestiegen, setzte sich der Konvoi in Richtung des Frachtterminals von Narita Airport in Bewegung, sie folgten den Wegweisern, großen grünen Schildern, die in der Nacht hell angestrahlt wurden, Cargo Building N° 2, Cargo Building N° 3, ANA Export, Common Import Warehouse, IACT. Die drei Fahrzeuge fuhren hintereinander auf einer verlassenen Straße, die mit Versorgungsgebäuden gesäumt war. Auf beiden Seiten erstreckte sich eine schier unendliche Weite, begrenzt in der Ferne durch die rot und weiß leuchtenden Anflugbefeuerungen. Da die Straße jetzt nicht mehr beleuchtet war, fuhren sie durch tiefste Finsternis, sahen hier und dort die Umrisse von Flugzeugen aufragen, die reglos auf ihren Parkpositionen standen. Die drei Fahrzeuge bogen auf einen vom Regen aufgeweichten Mittelstreifen, fuhren mit leuchtenden Scheinwerfern wie in Zeitlupe hintereinander her, passierten eine Reihe großer Hangars mit gewaltigen geöffneten Schiebeportalen, aus denen grünlich-künstliches Licht leuchtete. Jeder Hangar war mit riesigen Buchstaben beschriftet, die die verschiedenen Frachtzonen anzeigten, E, F, G, der Konvoi hielt vor dem Eingang von Block F.

Die Zollabfertigung von Narita Airport schloss in weniger als zehn Minuten, und so stürzten die vier Japaner Hals über Kopf, die Hände voller Dokumente und offizieller Papiere, aus dem engen Minibus und verschwanden in dem Hangar. Mit einigem Abstand folgten ihnen hastig Jean-Christophe de G. und Marie, Marie im Rock und schwarzen Stiefeln, mit ihrem Ledermantel über dem Arm, den sie sich im Laufen überwarf, um sich vor der Kälte zu schützen, die an diesem düsteren und feuchten, nach allen Seiten hin offenen Ort herrschte. Es war ein weitläufiger, mehr als zweitausend Quadratmeter großer Hangar, eine Stahlkonstruktion, die aussah wie ein nach Geschäftsschluss verlassener Fischmarkt mit leergeräumten Verkaufsständen, auf dem Angestellte den Boden mit einem dicken Wasserstrahl abspritzen. In den meisten Lagerbereichen war das Licht ausgeschaltet, Planen waren über Kisten gedeckt, die Regale leer, Lastenaufzüge außer Betrieb, Lattenroste verwahrlost. Hier und da surrte ein Gabelstapler durch die menschenleeren Gänge, chauffiert von einem Arbeiter mit Helm und weißen Handschuhen, der seine Ware zu einem der wenigen noch geöffneten Abschnitte brachte, kleine Inseln von lärmender Geschäftigkeit, brutal angestrahlt mit weißen Neonröhren, wo ein paar Lagerarbeiter Kisten in Aufzüge schoben, Transportgüter aller Art, vakuumverschweißt oder in einfachen gelben, mit Etiketten gespickten Kartons oder billige, schlecht verschnürte Kisten mit Frischprodukten. Am hinteren Ende des Hangars, inmitten von auf den Wänden platzierten Firmenschildern, KLM Cargo, SAS Cargo, Lufthansa Cargo, neben einer Reihe von verwaisten Schaltern verschiedener Fluglinien, ließ sich das verglaste Büro der Zollabfertigung erahnen.

Im Zollbüro diskutierten die vier Japaner bereits mit einem Zöllner mit leichenblassem, kränklichem Teint und eingefallenen Wangen, der eine Uniformmütze mit Wappen auf dem Kopf und einen *masuku* über dem Mund trug, jenen Mundschutz aus weißem Mull, der den unteren Teil des Gesichts bedeckt und vor Viren schützt. Er war gerade dabei, ein Ausfuhrdokument des Vollbluts zu studieren, als er Jean-Christophe de G. eintreten sah und auf der Stelle seine Lektüre unterbrach, er verbeugte sich vor ihm wie entschuldigend und erklärte durch den feinen Stoff seines Mundschutzes auf Englisch, dass er bedaure, ihn am Zoll warten lassen zu müssen, er aber jetzt alles Mögliche tun werde, damit das Verladen des Pferdes ohne Verzögerung vonstattengehen könne. Ungläubig starrte Jean-Christophe de G. den Zöllner an, denn es wurde ihm aus dem, was er von dem doppelt gefilterten Gezischel verstand (durch das Hindernis der Sprache wie durch das des Mulls), klar, dass die Zollabfertigung des Pferdes, die er so sehr gefürchtet hatte und die er nur wenige Sekunden zuvor noch als gescheitert angesehen hatte, in diesem Augenblick und ohne jede Komplikation erledigt war.

Jean-Christophe de G. war wieder aus dem Hangar getreten und wartete auf die Ankunft des Containers, in dem das Pferd an Bord des Flugzeugs kommen sollte. Der Fahrer des Pferdetransporters hatte bereits die Heckklappe des Lastwagens geöffnet und im Regen die Metallrampe heruntergelassen, während die Helfer sich um den Transporter herum postierten. Zwei von ihnen erinnerten in ihren eng taillierten Lederblousons mit dem orangefarbenen Innenfutter vage an Yakuza oder kleine japanische Gauner, der Dritte, sehr dick, mit rasiertem Schädel und einem gewaltigen Körper, dem Nacken eines Stiers und der Haut eines Büffels, war vielleicht auch ein Japaner, doch mit seinem Türsteherlook und seinen winzigen, internationalen Schlitzaugen, die überall in die Welt passten, hätte er auch in Moskau oder New York reüssiert. Wie es schien, hatten die drei nicht die Erlaubnis, das Pferd zu berühren, sie waren nur dazu abgestellt, auf dessen Sicherheit zu achten und zu verhindern, dass jemand sich ihm näherte. Jedenfalls machten sie nicht den Anschein, den anderen helfen zu wollen, sondern beschränkten sich darauf, durch ihre schiere Präsenz vor dem Transporter eine abschreckende Wirkung zu erzeugen und ihre Umgebung auffällig zu beobachten. Man wartete noch immer auf das Eintreffen der Reisebox des Pferdes, zwei der vier Japaner waren im Inneren des Vans damit beschäftigt, das Vollblut zu besänftigen und zur Ruhe zu bringen, ihm sanft den Hals zu streicheln, damit es sich an sie gewöhnen konnte. Denn seit der Entlassung des Trainers an eben diesem Vormittag, und nicht allein des Trainers, sondern der gesamten Mannschaft, seinen Burschen inbegriffen (was rückblickend betrachtet ein Fehler war, selbst Jean-Christophe de G. musste sich das eingestehen), hatte das

Vollblut keinen Stallburschen mehr, es hatte seinen angestammten ersten Stallburschen verloren, den Menschen seines Vertrauens, der ihn seit seiner Geburt überallhin ins Ausland begleitet hatte, der immer mit ihm gereist war, der ihm auf seinen Reisen Futter gab, ihn an den Renntagen im Führring präsentierte, ihn, den Einzigen, an den das Pferd gewöhnt war.

Endlich war der Container, in dem das Pferd die Reise antreten sollte, auf dem Parkplatz eingetroffen, wie eine Prozessionsfigur thronte er auf einem flachen Anhänger, den ein kleiner Elektrokarren hinter sich schleppte. Die Zugmaschine umkurvte die an den Lagerhäusern geparkten Fahrzeuge und hielt neben dem Minibus vor dem Eingang des Hangars. Das Manöver wurde von einem Frachtmanager der Lufthansa überwacht, der ein Funkgerät in der Hand hielt und dessen riesiger schwarzer Regenumhang über seiner Uniform im Regen flatterte. Zwei Techniker sprangen aus der Fahrerkabine der Zugmaschine und kletterten auf den Anhänger, um die Schlösser der Pferdebox zu öffnen und eine Rampe zu installieren, auf der das Pferd in die Box gelangen konnte, eine Art hermetisch abgedichteter Kasten aus geriffeltem Metall, auf dem etliche Überbleibsel gelborangefarbener Aufkleber der Firma Lufthansa klebten. Marie hatte sich im Hangar vor dem Regen in Sicherheit gebracht und beobachtete die Operation aus der Ferne. Alle Türen waren jetzt geöffnet, aber vom Pferd war in den

Tiefen des Vans immer noch nichts zu sehen, alle Blicke waren jetzt auf das Fahrzeug gerichtet. Von der Anwesenheit des Pferdes zeugten allein gedämpftes Wiehern aus dem Inneren des Transporters und der Geruch, ein durchdringender Geruch nach Pferd, Heu und Mist, der sich mit dem Geruch des Regens und dem Gestank des Kerosins vermischte.

Dann, langsam, tauchte die Kruppe des Vollbluts auf – seine schwarze, glänzende, zurückgebogene Kruppe –, seine Hinterhufe suchten Halt auf der Rampe und schlugen hart auf das Metall, trampelten voller Nervosität auf der Stelle, sprangen zur Seite und wieder nach vorne. Als Geschirr trug es nur ein Halfter und eine Leine, auf seinem Rücken lag eine kurze Decke aus wertvollem Purpursamt, die Gliedmaßen waren sorgfältig mit schützenden Bandagen und Transportgamaschen umwickelt, die mit Klettverschlüssen befestigt waren, Bänder und Sehnen mit Stoffbändern mumifiziert, um Stöße und Verletzungen zu vermeiden. Fünfhundert Kilo nervöse, reizbare und wütende Masse tauchten dort in der Nacht auf. Mit glänzendem schwarzen Fell und einer sich überdeutlich abzeichnenden Muskulatur stieg es rückwärts hinunter, die zwei Japaner im marineblauen Blazer drückten sich gegen seinen Körper in Höhe der Schulter, versuchten, es zurückzuhalten, sie klammerten sich an die Leine, zogen und zerrten daran. Das Pferd ließ sich das nicht gefallen, störrisch schüttelte es den Kopf, um sich loszureißen, es wehrte sich schnaubend, seine Anspannung und Nervosität liefen in heftigen Schaudern wie Wellen durch seine Mähne. Seine kraftvolle physische Erscheinung war beeindruckend, es ging eine animalische elektrische Energie von ihm aus. Die zwei Japaner schienen mit ihrer Aufgabe überfordert zu sein, sie verloren den Halt, ihre Blazer waren verrutscht, die Krawatten hingen schief, vergeblich schrien sie Befehle ins Leere, dass man ihnen zu Hilfe komme, man spürte ihre Erregtheit, man sah ihre vor Aufregung zitternden Gesichter und Hände. Reglos stand das Vollblut nun auf der Rampe, es bewegte sich nicht mehr, schritt nicht vorwärts und nicht mehr zurück, trotz aller Bemühungen der beiden Japaner, die an ihm zerrten, ohne es von der Stelle bewegen zu können. Der Frachtmanager der Lufthansa war mit seinem Funkgerät zum Pferdetransporter herübergekommen, und jetzt bewegte sich niemand mehr, nicht das Pferd, das mitten auf der Rampe stehen geblieben war – starr, wütend, majestätisch –, nicht die von dem Schauspiel des reglos dastehenden kräftigen Zuchthengstes in Bann geschlagenen Zuschauer, die fasziniert waren von seinen in der Anspannung hervorstechenden Muskeln, die im Kontrast standen mit dem feingliedrigen Lauf der Beine, der Zierlichkeit der schlanken und schmalen Fesseln, so zerbrechlich wie die Handgelenke einer Frau.

Das Pferd, nachdem es dröhnend auf der Stelle getreten war, machte erneut zwei oder drei heftige Schritte zurück, drehte sich dann plötzlich und ungestüm um sich selbst und riss die zwei Japaner mit sich, die sofort das Gleichgewicht verloren und, um der brutalen Bewegung auszuweichen, von der Rampe herunter auf den Asphalt sprangen. Geistesgegenwärtig hatten sich die anderen aus der Reichweite des Pferdes entfernt und waren zum Hangar zurückgewichen. Die zwei Japaner drückten sich jetzt wieder gegen den Pferdekörper, pressten sich gegen seine Schulter, versuchten, das Pferd aufzuhalten, es zum Stehen zu bringen, wurden aber von seiner übermächtigen Stärke einfach beiseitegeschoben, konnten gerade noch seinen Bewegungen folgen, neben ihm hertrippeln und versuchen, es irgendwie in Richtung der Pferdebox zu lenken. Der Container wartete oben auf dem Anhänger, neben der geöffneten Tür standen zwei Hilfskräfte bereit, um die Türen sofort hinter dem Pferd zu verschließen, aber am Fuß der Rampe angelangt, bäumte sich das Pferd auf, setzte zurück, drehte sich um, lief feurig schnaubend an Marie und Jean-Christophe de G. vorbei. Die zwei Japaner waren nun überhaupt nicht mehr Herr der Lage, sie beschränkten sich darauf, mittels der Leine den Aktionsradius des Pferdes einzugrenzen, doch das Vollblut riss sich von ihnen los, drehte sich hufeklappernd und mit schwingender Kruppe weg. Wie irre rannte es durch den strömenden Regen zwischen den verschiedenen vor dem Hangar geparkten Fahrzeugen herum, geriet plötzlich ins Scheinwerferlicht eines der auf dem Parkplatz stehenden Autos, galoppierte unversehens in Richtung Hangar, was die Zuschauer nötigte, sofort im Inneren des Gebäudes Zuflucht zu suchen.

Weiße Neonröhren umrandeten das schmale Vordach des Hangars, draußen im Dunkeln goss es weiter in Strömen, bei Windböen fegte die dichte Regenwand fast horizontal heran. Den zwei Japanern war es zwischenzeitlich gelungen, wieder die Kontrolle über das Pferd zu erlangen, sie hatten es gedreht, hielten es fest an der Schnalle des Halfters, sie mussten wieder von vorn beginnen, um das Pferd in den Container zu verfrachten, umrundeten sie in weitem Sicherheitsabstand die geparkten Fahrzeuge. In der Ferne grollte der Donner, hin und wieder zeriss ein Blitz den Himmel über den unsichtbaren Start- und Landebahnen. Das Pferd bewegte sich jetzt im Schritt in sicherer Entfernung von den Lichtern der Lagerhäuser auf dem dunklen, regennassen Parkplatz, eskortiert von den beiden Japanern, die an seiner Seite in ihren regentriefenden blauen Blazern durch das Dunkel liefen. Scheinbar gefügig ließ sich das Pferd von ihnen führen, wurde gelegentlich von einem plötzlichen und unvorhersehbaren Aufbäumen des Kopfes geschüttelt. Sie hatten den Anhänger schon fast erreicht, als das Vollblut sich angesichts der Pferdebox versteifte und mit angelegten Ohren und laut wiehernd abdrehte, mit aufgerissenem Maul biss es um sich, die Zähne plötzlich gebleckt, dann setzte es zurück und jagte davon, die beiden Japaner in seinem Gefolge wirbelten hinter ihm her.

Das Vollblut war entwischt, in die Dunkelheit entkommen, zunächst noch gehindert von einem der beiden Japaner, der die Leine nicht gleich losgelassen hatte, nicht den Eindruck machte, sie jemals loslassen zu wollen, als hätte er sie um seinen Arm oder sein Handgelenk gebunden. Er konnte sie nicht mehr loslassen, er durfte es sich nicht einmal vorstellen, er fand es schlicht unvorstellbar, jetzt loszulassen und dieses Pferd entkommen zu lassen, für das er die Verantwortung trug, verzweifelt klammerte er sich an die Leine, fiel vornüber, schon am Boden, kam wieder auf die Knie, richtete sich auf, zog an der Leine, versuchte, sie um seine Taille zu wickeln, hielt mit aller Kraft dagegen, wurde aber sofort wieder umgerissen und auf den Asphalt geschleudert, ließ immer noch nicht die Leine los, wurde bäuchlings in die Wasserlachen geschleudert, bis sein Blut spritzte, es war ein schrecklicher Anblick, wie ein aus dem Gleichgewicht geratener Wasserskifahrer, er konnte sich nicht mehr aufrichten, wurde nur noch hin und her geschleudert, hochgewirbelt und wieder auf den Boden geschmettert, und erst nachdem der Japaner so noch Dutzende Meter weiter mitgeschleift worden war, ließ er endlich das Pferd laufen. Zahir entwich im Galopp in die Dunkelheit, frei und unbändig, war schon so weit entfernt, dass er kaum noch zu erkennen war. Instinktiv war er in die dunkelsten Regionen des Flughafens geflüchtet, hatte den weitläufigen Parkplatz hinter sich gelassen, die schwach beleuchtete Zufahrt überquert und war in Richtung der Start- und Landebahnen auf und davon galoppiert. Mehrere der Anwesenden hatten den Ernst der Lage sofort erkannt, und während die einen den zwei verletzten Japanern zur Hilfe eilten – einer der beiden hatte sich schon wieder aufgerichtet und humpelte im Scheinwerferlicht den zu Hilfe Kommenden entgegen, der andere lag noch immer reglos auf dem Asphalt, er hatte wohl das Bewusstsein verloren, mit blutüberströmtem Gesicht lag er in einer schwarz glänzenden Wasserlache –, hatten die anderen mit ihren Telefonen und Funkgeräten sofort die zuständigen Flughafenbehörden alarmiert, man rannte, stieg in die Wagen, Türen schlugen, man nahm die Verfolgung auf, die Wagen rangierten zuerst im Rückwärtsgang, fuhren dann mit quietschenden Reifen los, der Fahrer des Pferdetransporters – der Van war eindeutig zu schwer für die Verfolgung – hatte sich zu den anderen in den Minibus gesetzt, mit seiner Ausrüstung und einem Seil, ein zusammengerolltes dickes Hanfseil, das er wie ein Lasso in den Händen hielt, drei Fahrzeuge machten sich in der Nacht an die Verfolgung des Pferdes und rasten über den riesigen Parkplatz vor dem Hangar, fuhren im Zickzack mit leuchtenden Scheinwerfern durch strömenden Regen und Wasserlachen, gerieten fast aneinander, der Frachtmanager der Lufthansa am Steuer seines kleinen Karrens, Marie allein in der von dem weiß behandschuhten Chauffeur gesteuerten Limousine und die anderen, alle anderen – Jean-Christophe de G. eingeschlossen, der die Verfolgung selbst in die Hand genommen hatte und die Befehle gab –, die Gehilfen wie die Leibwächter, der Fahrer des Pferdetransporters ebenso wie die Zöllner, alle, die nicht bei dem Verletzten zurückgeblieben waren, um Erste Hilfe zu leisten, saßen zwischen den Koffern und Taschen von Marie eingepfercht in den drei Sitzreihen des winzigen Minibusses der Marke Subaru.

Zahir heißt auf Arabisch so viel wie der Sichtbare, der Name stammt aus einer Erzählung von Borges und davor noch aus einer orientalischen Sage, der zufolge Allah die Vollblüter aus einer Handvoll Wind erschaffen hat. In der gleichnamigen Erzählung von Borges ist der Zahir ein Wesen, das die furchtbare Macht besitzt, niemals von dem vergessen werden zu können, der es ein einziges Mal gesehen hat. Doch von Zahir war hier nicht mehr das Geringste zu sehen, er war wie vom Dunkel verschluckt, hatte sich in Luft aufgelöst, sein Schwarz war mit dem Schwarz der umgebenden Finsternis verschmolzen. Die Nacht zeigte ihre gewohnte Dunkelheit, und es schien, als ob es dem Vollblut gelungen sei, tief in ihre Materie einzudringen, die ihn auf der Stelle verschlungen und verdaut hatte. Die Autos rasten mit hoher Geschwindigkeit dem Horizont entgegen, der Regen peitschte gegen die Scheiben, die Karosserien der Autos wurden von den Unebenheiten des Straßenbelags durchgerüttelt. Am Ende des riesigen Parkplatzes angekommen, stießen sie auf einen befestigten Seitenstreifen, hinter dem nichts mehr zu sein schien – nur dunkler, vom Regen aufgeweichter Rasen, unbebautes Gelände, so weit das Auge reichte –, und sie mussten einsehen, dass Zahir ihnen entkommen war. Aus der Ferne in der Nacht erklangen die Sirenen von Rettungswagen, eine Ambulanz vor dem Hangar, man versorgte den verletzten Japaner, Feuerwehrwagen hatten an Start- und Landebahnen Position bezogen und Absperrungen errichtet, jeglicher Flugverkehr, alle Starts und Landungen waren eingestellt worden, die Verantwortlichen des Flughafens konnten nicht das Risiko eingehen, Flugzeuge landen zu lassen, während irgendwo auf dem Flughafengelände ein Vollblut frei herumlief. Die Verfolger mussten langsamer fahren, ihren ersten überstürzten Vorstoß abbrechen, um mit mehr Geduld das Vollblut in dieser Dunkelheit aufzuspüren. Mit gedrosselter Geschwindigkeit fuhren sie eine schmale, schwach beleuchtete Straße entlang, saßen mucksmäuschenstill in ihren Fahrzeugen und suchten die Umgebung ab. Mit an die Fensterscheiben gepressten Augen warteten sie auf irgendeine Bewegung am Horizont, auf einen Schatten in der Finsternis, einen Lufthauch, einen Atemzug, mit gespitzten Ohren lagen die Fahrer in ihren Autos auf der Lauer, lauschten gespannt auf ein Geräusch von draußen von den Pisten, auf etwas, das den Aufenthaltsort des Pferdes hätte verraten können, ein Wiehern, ein Schnauben oder Hufgeklapper auf dem Asphalt. Es gab hier keine Stelle, an der das Pferd sich hätte verstecken können, das Flughafengelände war völlig plan, kein Hindernis, keine Bäume, kein Unterholz, am Horizont war nichts zu sehen. Am Ende der Straße angekommen, umfuhren sie eine Straßensperre und bogen, immer noch in Zeitlupe, immer noch schweigend, auf eine der Rollbahnen, erforschten die umgebende Nacht, spähten in die Dunkelheit, als plötzlich, wie aus dem Nichts, mit derselben Plötzlichkeit, mit der er verschwunden war, der mächtige schwarze Körper Zahirs im Licht der Scheinwerfer Gestalt gewann, gleichzeitig im Galopp und doch erstarrt, kopflos, mit vor Schrecken aufgerissenen Augen, das Fell schwarz und nass, so als tauchte er in diesem Moment aus der Nacht hervor, in die er sich zuvor aufgelöst hatte.

Augenblicklich beschleunigten die drei Fahrzeuge und nahmen die Verfolgung auf, die Entfernung betrug etwa hundert Meter, das Pferd galoppierte vor ihnen in die Nacht hinein, die Mähne flatterte im Wind, die Beine bewegten sich in einem wilden, verzweifelten Sprint, die Hufe stampften wütend über den Asphalt. Sie ließen es jetzt im Licht der Scheinwerfer nicht mehr aus den Augen, sie hielten es fest im Visier, klebten an seiner wildgewordenen, gekrümmten und geschwungenen Silhouette, folgten nach links, wenn es nach links lief, bogen mit ihm ab, Seite an Seite rasten die drei Fahrzeuge über das riesige menschenleere Rollfeld hinter dem Pferd her, um es daran zu hindern, kehrtzumachen und ihnen zu entkommen, versuchten mit jedem Mal, das Netz enger zu ziehen, die Fahrzeuge kommunizierten ständig miteinander, Jean-Christophe de G. leitete vom Minibus aus die Verfolgung, gab dem Fahrer Anweisungen, telefonierte mit dem Chauffeur der Limousine über Maries Mobiltelefon – er hatte Marie in der Limousine angerufen, ihr Telefon hatte in der Handtasche geklingelt, im Dunkeln hatte sie die Stimme Jean-Christophe de G.s gehört, seine präzise, ruhige, befehlsgewohnte Stimme, die sie aufforderte, dem Chauffeur seine Anweisungen weiterzugeben, und Marie erfüllte peinlich genau den Auftrag, das Telefon am Ohr, lauschte sie aufmerksam den Instruktionen und wiederholte sie dann auf Englisch für ihren Chauffeur –, sodass die drei Fahrzeuge auf gleicher Höhe frontal auf das Pferd zufuhren, um ihm jede Fluchtmöglichkeit zu versperren. Jean-Christophe de G. organisierte die Verfolgung vom Beifahrersitz des Minibusses aus, er bestimmte die genauen Abstände zwischen den Fahrzeugen, berechnete den Fluchtweg und gab geringfügige Richtungswechsel vor, er befahl, die Scheinwerfer immer direkt auf das Pferd gerichtet zu halten, damit es spürte, dass es von einer beweglichen, blendenden, furchteinflößenden und unüberwindlichen Linie von Lichtern verfolgt wurde, wie von einer Linie aus Feuer. Sie waren gerade in Begriff, zu ihm aufzuschließen, als das Pferd vor ihren Augen eine abrupte

Drehung um 180 Grad vollführte und sich sein Körper wie ein Kreisel auf dem dunklen Asphalt des Rollfelds in einem Wirbel aus Muskeln und spritzenden Regentropfen drehte und dann, übergangslos, auf die Fahrzeuge zugaloppierte, direkt in die Scheinwerfer hinein, mit irren, wilden Augen, voller Wahn, mit fliegender Mähne, voller Schweiß und Schlammspritzer. Es galoppierte auf die Autos zu, steigerte auf dem Rollfeld des Narita Airports noch sein Tempo, als wollte es Anlauf nehmen und das Hindernis der in einer Reihe auf es zurasenden Wagen überspringen, als wollte es von der Erde abheben, um in den Himmel hinaufzufliegen, wie ein geflügelter Pegasus in der Finsternis zu verschwinden und sich mit Blitz und Donner zu vereinen. Kaum hatte er die plötzliche Kehrtwendung gesehen, hatte Jean-Christophe de G. auch schon die Gefahr erkannt und sofort den anderen Wagen den Befehl gegeben, laut zu hupen, alle zusammen, er hatte die Anweisung gegeben, weiter auf es zuzufahren und dabei zu hupen. So rasten sie aufeinander los, das Pferd galoppierte auf die Autos zu, im Versuch, die bewegliche Linie vor ihm zu durchbrechen, und die Autos fuhren mit hohem Tempo dem Pferd entgegen, um es zu erschrecken und es zu zwingen, den Rückzug anzutreten. Diese Kraftprobe wurde in letzter Sekunde durch die Autos und ihr schauerliches Hupkonzert gewonnen, durch ihr dreifach vereintes alarmierendes Geheule, das sich wie eine Frontlinie in der Nacht nach vorne schob, denn das Pferd hielt inne, blieb mit einem Schlag stehen, rutschte auf der nassen Piste weiter, geriet vor den Autos ins Straucheln, fing sich wieder, riss voller Panik und verzweifelt zur Seite aus, galoppierte pfeilgerade bis zum äußersten Ende des Geländes, wo es durch den doppelten Sicherheitszaun des Narita Airports aufgehalten wurde. Es lief einige Meter am Zaun entlang, verfolgt von den Lichtern der Scheinwerfer, die immer näher kamen, wurde dann langsamer, fiel in Trott, blieb unentschlossen vor dem hohen Zaun stehen, hinter dem sich ein Busparkplatz der JAL erstreckte, wie man im Halbdunkel erahnen konnte. Immer wieder zerrissen Blitze den Himmel und warfen flüchtiges weißes Licht auf die Dächer der orange-weißen Autobusse, die jenseits der Absperrung Seite an Seite aufgereiht waren. Die Verfolger hatten sich mit ihren Wagen etwa dreißig Meter von ihm entfernt in einem Halbkreis um das Pferd aufgestellt, es von allen Seiten eingekreist, die Scheinwerfer immer auf seine reglose Gestalt gerichtet. Die Türen öffneten sich, und die Männer stiegen aus. Ungeachtet des strömenden Regens setzten sie ihre Verfolgung zu Fuß fort, gingen direkt auf das Pferd zu, einer der Hilfskräfte hatte sich gebückt und warf alles, was er am Boden finden konnte, in seine Richtung, Steine, Split, Dreckstückchen, um es gegen die Barriere zurückzudrängen, es auf Distanz zu halten oder auch nur, um die eigene Angst zu bannen, bis Jean-Christophe de G. den Befehl gab, damit aufzuhören. Er gab jedem den Befehl, innezuhalten, still zu sein, sich nicht mehr zu bewegen. Keine Bewegung mehr, nicht mal eine Handbewegung. Das Pferd stand reglos an den Zaun gedrängt, ohne Möglichkeit zu fliehen, sich abzusetzen, und beobachtete sie, schnaufend, außer Atem, seine Flanken hoben und senkten sich bei jedem Atemzug.

Da ging Jean-Christophe de G. auf es zu, allein und mit bloßen Händen. Das Pferd rührte sich nicht, blickte auf. Jean-Christophe de G. näherte sich ihm im Regen in seinem eleganten dunklen Mantel, mit leeren Händen, nichts, mit dem er es hätte bändigen können, kein Seil, keine Leine, kein Riemen, nichts, um es einzufangen, festzuhalten oder festzubinden. Ruhig, sagte er, ruhig, Zahir, ruhig, wiederholte er mit leiser Stimme. Er war nur noch wenige Meter von ihm entfernt, von dem Pferd gingen noch immer unheimliche Wellen aus, eine unberechenbare Energie des verängstigten Tieres. Das Pferd beobachtete weiter, wie er sich näherte, bewegungslos, gab heisere und beunruhigende Geräusche von sich. Sein Fell war nass und verklebt von Regen und schmutzigem Schweiß, überkrustet mit winzigen Schlammspritzern, Dreck, Splitt und Asphaltabrieb. Es musste einige Male ausgerutscht sein auf dem Rollfeld, denn es war verletzt, sein Vorderlauf war offen, aufgeschürft und schwärzlich. Jean-Christophe de G. war nun fast bei ihm, langsam ging er weiter auf es zu, ließ es nicht aus den Augen und zeigte ihm seine Hände, die weiß, leer und geöffnet waren, wie um ihm zu beweisen, dass er keine Waffe, nicht einmal eine Fessel oder einen Strick mit sich führte, mit leeren Händen, mit intensivem Blick und leerer Hand – Hand und Blick –, und nicht zu vergessen die Stimme, die warme menschliche Stimme, einschmeichelnd, sinnlich, verführerisch, die er modulierte, deren Betonung er variierte, um es zu besänftigen. Ruhig, sagte er, ruhig, Zahir, ruhig, wiederholte er. Nur noch wenige Zentimeter trennten ihn von seinem Fell, aber er berührte es nicht sofort, ließ das Pferd zuerst seine Hände betrachten, seine zwei langgewachsenen, weißen, ruhigen Hände, die er vor die Augen des Pferdes hielt, um dem Vollblut alle Zeit zu lassen, sie zu beobachten, zu beriechen und daran zu schnuppern, und das Pferd beobachtete seine Hände, schnupperte daran, stieß mit feuchten Nüstern gegen die Finger, nahm fügsam und vorsichtig Witterung auf, vielleicht erkannte es einen bestimmten Geruch wieder, vielleicht war ihm der Geruch Jean-Christophe de G.s vertraut. Es zuckte nicht einmal, als Jean-Christophe de G. die Hand auf sein Fell legte und es berührte, es langsam und vorsichtig streichelte, so, als würde er eine Frau streicheln, als führe seine Hand langsam über den Körper einer Frau. Das Pferd ließ es geschehen, es schien es zu mögen, von seinen gleichzeitig festen und zärtlichen Händen berührt zu werden, die ihm ein Gefühl von Wärme vermittelten, ein Empfinden von Frieden und Ruhe nach den bestürzenden und erschreckenden Augenblicken, die es gerade durchlebt hatte.

Jean-Christophe de G. hatte seinen Kopf an die Wange des Pferdes gelegt und flüsterte ihm ins Ohr, er beschwichtigte es mit leiser und verführerischerer Stimme, tätschelte ihm den Kopf und strich über die Außenlinie seiner Augen. So, sagte er, so, sehr gut, Zahir, sehr gut. Er sprach Französisch mit ihm, er hatte immer Französisch mit seinen Pferden gesprochen, Französisch, die Sprache der Liebe – und auch zuweilen der Hinterlist, ihr vergifteter Schatten. Denn die Zärtlichkeiten von Jean-Christophe de G. waren nicht ehrlich gemeint, zumindest nicht ohne Hintergedanken, seine Kunst, durch Worte zu überzeugen, und die gespielte Sanftheit seiner Hände waren wohlkalkuliert, schon dachte er an den nächsten Schritt, bereitete bereits, während er es noch streichelte, den üblen Trick vor, mit dem er es jetzt gleich hereinlegen würde, aber anders hätte er nicht vorgehen können, wäre ihm die Aktion nicht mit solcher Geschicklichkeit, Schnelligkeit und Grazie gelungen, hätte er sie nicht von Anfang an in Gedanken durchgespielt, wie ein Zauberkunststück oder einen Taschenspielertrick, wie ein Stierkämpfer seine Veronika: Mit einer einzigen Bewegung riss er sich seinen Schal vom Hals, schwang ihn in die Höhe – für einen kurzen Moment schwebte der schwarzmoirierte, rötlich schimmernde Stoff senkrecht in der Nacht –, dann schlang er ihn schnell um den Kopf des Pferdes und band ihn über die Augen Zahirs, er verband ihm die Augen, um ihn blind zu machen. Er zog den Schal gründlich fest, damit wie beim Blindekuh-Spiel kein Licht eindringen konnte, und knotete beide Enden an die Backenriemen des Halfters. Das Pferd machte einen Schritt rückwärts gegen den Zaun, blieb dort mit verbundenen Augen stehen, blind und besiegt. Sofort kam aus dem Kreis der sprachlosen Zuschauer, die atemlos das Geschehen verfolgt hatten, der Fahrer des Pferdetransporters mit dem langen, wie ein Lasso zusammengerollten Hanfseil gelaufen, kniete sich vor das Pferd und schlang das Seil um einen der Vorderläufe, verknotete es und zog dann fest an dem Seil, zwang das Pferd, seinen Lauf in Kniehöhe abgewinkelt zu halten. Dergestalt durch das Seil gefesselt, auf der Stelle schwankend und völlig blind, leistete Zahir keinen Widerstand mehr. Erst jetzt hob Jean-Christophe de G. die auf dem Boden liegende Leine auf und kam in aller Ruhe zu den Fahrzeugen zurück, Zahir an der Leine hinter ihm, wie ein großer, disproportionierter schwarzer Hund (brav auf drei Beinen hinkend, mit verbundenen Augen).

Als Jean-Christophe de G. und Marie einige Minuten später mit der Limousine zum Hangar der Frachtabfertigung des Narita Airports kamen, herrschte dort größtes Durcheinander. Blaulichter drehten sich vor dem Block F in der Nacht, Dutzende von Feuerwehrmännern drängten sich vor dem Eingang des Hangars. Polizisten mit reflektierenden Schutzwesten hatten mit leuchtend roten Kegeln eine Absperrung auf dem Parkplatz errichtet. Sie sahen gerade noch, wie sich der Krankenwagen entfernte, der den verletzten Japaner abtransportierte. Marie saß schweigend in der Limousine und beobachtete das Gesicht Jean-Christophe de G.s neben sich im Halbdunkel des Wagens. Sie hatte soeben eine unbekannte Eigenschaft an ihm entdeckt. Sie war verblüfft über die Art und Weise, wie er sich bei der Verfolgung des Pferdes durchgesetzt hatte, wie er die Dinge in die Hand genommen und jedem Befehle gegeben hatte, auch ihr, was sie außerordentlich beeindruckt hatte (weil man Marie keine Befehle gab – bestenfalls gab man ihr Anregungen, schlimmstenfalls legte man ihr etwas nahe).

Als sie aus der Limousine ausstiegen, fanden sie niemanden, der ihnen hätte weiterhelfen können, kein Flughafenpersonal war zur Stelle, das sie zu ihrem Flugzeug hätte begleiten können. Der Frachtmanager der Lufthansa war bei dem Pferd geblieben, hatte per Funk den Reisecontainer zu dem Platz beordert, an dem Zahir eingefangen worden war, um dort die Verladung vorzunehmen. Es verging einige Zeit, bis ein geisterhaft lichtloser Shuttlebus des Flughafens vor dem Hangar auftauchte, der sie zum Flugzeug bringen sollte. Sie verstauten das Gepäck, luden Maries Sachen ins Innere des kleinen Busses. Sie liefen im Regen hin und her, beladen mit Taschen und Koffern, die sie wild durcheinander auf dem genoppten schwarzen Gummiboden des Busses stapelten. Der Bus setzte sich in Bewegung, reglos und ohne ein Wort zu wechseln saßen sie im Halbdunkel inmitten des chaotischen Gepäckhaufens von Marie. Draußen goss es in Strömen, man sah durch die triefend nassen Seitenfenster auf die dunklen Start- und Landebahnen, einige verschwanden gänzlich in der totalen Finsternis, andere wurden von einer rot-weiß blinkenden Lichterkette befeuert. Sie folgten einer schlecht beleuchteten Trasse immer weiter geradeaus ins Dunkel hinein. Einige Minuten noch fuhr der Zubringer durch die Dunkelheit, bevor er anhielt und die automatischen Türen vor ihnen sich sprunghaft in die windige Nacht öffneten, sie beeilten sich, ihr Gepäck auszuladen. Kaum war die letzte Tasche auf das Rollfeld gestellt, ließ der Fahrer, der sie im Rückspiegel mit gehobenen Augenbrauen belauert hatte, vor ihrer Nase die automatischen Türen des Busses zufallen, und der Shuttle startete in die Nacht, ließ sie allein auf dem Asphalt des Rollfelds stehen.

Vor ihnen ragte der gewaltige, gewölbte, überdimensionierte Rumpf einer Boeing 747 der Lufthansa Cargo auf.

Es gab keine Treppe, mit der man an Bord hätte gelangen können, keine Leiter, um nach oben zu steigen, alle Zugänge waren hermetisch verschlossen und verriegelt, sowohl die Tür im Bug als auch die hinteren Frachtluken. Der weiß lackierte Rumpf troff im strömenden Regen. Seitdem der Bus sie auf dem Rollfeld zurückgelassen hatte, hatten sie sich keinen Schritt weit bewegt, derart waren sie beeindruckt von den übergroßen Ausmaßen der Maschine, die sich vor ihnen erhob, gut zehn Meter hoch und sechzig Meter lang, eine königliche Statur mit zwei riesigen Tragflächen, die schwarze Schatten auf den Boden warfen. Anhaltendes Brummen elektrischer Aggregate mischte sich mit dem durchdringenden Lärm einer Turbine an der Heckflosse. Das Flugzeug schien bereit, seine Parkposition zu verlassen. Die verschiedenen Rollen und Schläuche zum Beladen und Auftanken waren entfernt worden, ein paar Servicefahrzeuge für die technische Versorgung standen noch auf dem Vorfeld, Hebeplattformen, Elektroaggregate, Zubringer, Lieferwagen, winzige Versorgungssatelliten des reglosen Riesen. Hinter der konvexen Windschutzscheibe des Cockpits, ein schmaler Schlitz, der sich hoch oben am gebogenen Kopf der Boeing öffnete, war gedämpftes Licht zu erkennen. Die Piloten waren vermutlich damit beschäftigt, die Flugstrecke zu programmieren und studierten im Schein ihrer Notbeleuchtung die Flugkarten, während sie im Halbdunkel ihrer Kabine auf Anweisungen des Towers warteten. Marie machte einen Schritt nach vorn, fing an zu rufen und mit beiden Armen zu winken. Sie stand unten am Fuß der Boeing und winkte mit den Armen, so wie ein Einweiser, wenn er die Flugzeuge in ihre Parkposition dirigiert, eine fragile Gestalt, die im Regen wilde Armbewegungen vollführte, um die Aufmerksamkeit der Piloten auf sich zu lenken, Marie, die immer mehr in Schwung geriet, Begeisterung und eine ununterdrückbare Heiterkeit überkamen sie, sie saß in der Patsche und war doch glücklich, sie fühlte sich mit einem Mal herrlich wohl hier unten im strömenden Regen mitsamt ihrem Gepäck vor dem Flugzeug, mit ihren dreiundzwanzig Taschen und Koffern, ihrem großen graugeperlten Koffer, dem kleinen weiß-beige gestreiften Rollkoffer von Muji, ihrer Basttasche mit doppeltem Reißverschluss, dem großen Dufflebag, ihrer Laptoptasche, ihrem Schminkkoffer, und nicht zu vergessen ihre Mitbringsel, die eleganten Einkaufstüten aus cremefarbenem Glanzkarton, die unter dem Regen litten, und drei große, zum Bersten volle Reisetaschen (natürlich keine davon geschlossen, Marie machte nie etwas zu, die Kleider schauten noch heraus, in letzter Sekunde hineingeworfene Sachen quollen über, der Kulturbeutel thronte wie ein schiefes Dach mitten auf den Kleidern, und auch der Kulturbeutel stand offen und daraus hervor ragten der Rougepinsel und eine unverschlossene Zahnpastatube), und in einem Anfall von Leichtigkeit, Unbekümmertheit und überschäumender Phantasie begann Marie, um ihre auf dem Asphalt des Vorfelds aufgereihten

Koffer herumzulaufen, ihren unordentlichen Haufen dabei zu begutachten, um für sich festzustellen, dass ihr Gepäck trotz allem doch ein verdammt gutes Bild abgab und eine subtile Abstimmung der Farben aufwies: Ton in Ton beige, beige-weiß gestreift, sandfarben, naturfarben, Lederfarben (Marie bewies einfach Klasse, bis hinein in den Untergang).

Jean-Christophe de G. trat etwas abseits und telefonierte, langsam marschierte er in seinem eleganten Mantel im Regen auf und ab, eine Hand in der Tasche, das Telefon ans Ohr gepresst, auch er warf Blicke auf die Pilotenkanzel, um die Aufmerksamkeit der Piloten auf sich zu ziehen, nicht so offensichtlich wie Marie, nicht mit großen Gebärden, sondern auf indirekte Weise, indem er sich so zu stellen suchte, dass sie ihn ins Blickfeld bekamen. Aber auch er hatte keinen Erfolg und kam zurück, um neben Marie zu warten. Einige Minuten später tauchte der Frachtmanager der Lufthansa auf, stieg aus seinem Gefährt und rannte in seiner weiten Regenhaut zu ihnen herüber und entschuldigte sich vielfach, verwirrt, dass niemand da war, um sie am Flugzeug in Empfang zu nehmen, ein Kommunikationsproblem mit der Besatzung. Da stieg auch schon japanisches Bodenpersonal in grauen Overalls aus verschiedenen Fahrzeugen, und die Klappe des Frachtraums wurde geöffnet. Die Reisebox des Pferdes war inzwischen auf einen Hubwagen mit zwei Scheren geschoben worden, mehrere

Mechaniker machten sich im Schein von Stablampen und elektrischen Leuchten an dem Container zu schaffen. Während er sich mit einem der Japaner im Blazer, der sich zu ihm gestellt hatte, unterhielt, überwachte der Frachtmanager die Arbeiten. Marie beobachtete das Geschehen aus der Entfernung, als sich langsam auch die vordere Tür der Boeing öffnete. Über dem Abgrund erschien einer der Piloten, seine uniformierte Gestalt zeichnete sich scharf in der Türöffnung ab. Eine Treppe wurde angestellt, und Christophe de G. und Marie konnten mit dem Einladen des Gepäcks beginnen. Als sie die letzten Taschen vom Teerboden aufgesammelt hatten und die Treppe emporstiegen, im Begriff, endgültig das Flugzeug zu besteigen, sahen sie neben sich die Box des Pferdes schwerelos in der Luft schweben – mit dem lebendigen Vollblut darin – und sich langsam in der Nacht am Rumpf der Boeing 747 Cargo emporheben. Auf der Höhe des Frachtraums angekommen, wurde die Box mit einem brutalen Ruck gebremst, der sie erzittern ließ, dann wurde die Plattform des Hubwagens wie ein Storchenschnabel horizontal in die klaffende schwarze Öffnung hineingeschoben, und die Box verschwand in den Eingeweiden des Flugzeugs.

Beim Betreten des Flugzeugs machte Marie die unangenehme wie überraschende Entdeckung, dass es dort keine Passagiersitze gab. Die Arme voller Pakete, trat sie in einen riesigen, kaum beleuchteten Frachtraum voller

Container. Auf dem bloßen Metallboden waren vom Beladen noch Regenlachen zu sehen, überall gab es Walzen und Kugellager für den automatischen Weitertransport der Paletten im Innern des Frachtraums. Jean-Christophe de G. suchte nach dem Container des Pferdes, der am hinteren Ende des Frachtraums eingeladen worden war, und Marie folgte ihm, darauf achtend, wohin sie ihre Füße setzte, sie vermied, auf die Schienen am Boden zu treten, ängstlich besorgt und orientierungslos in diesem kahlen und abweisenden Raum. Als nach einer Vierteldrehung die Pferdebox in die Längsachse des Flugzeugs manövriert war, setzte sie sich automatisch auf Rollen in Bewegung, deren Motoren der Frachtmanager der Lufthansa von einem an der Bordwand angebrachten Kasten aus bediente. Der nasse, vor Regen triefende Container glitt wie von Geisterhand bewegt durch den dunklen Frachtraum, wurde auf den Metallwalzen geräuschvoll hin- und hergeschüttelt auf seinem Weg durch den langen konvexen Schlauch des Flugzeugbauchs. Zwei Belader liefen als Eskorte nebenher, um darauf zu achten, dass die Box nicht aus den Schienen sprang. Der Container durchquerte den Frachtraum und kam vorne im Rumpf des Flugzeugs zum Stehen, wo er in der Nase der Boeing 747 mit Sperrklötzen am Boden festgekeilt wurde. Der Japaner im Blazer machte eine letzte Inspektionsrunde um den Container, um sicherzustellen, dass die Verriegelung ordnungsgemäß war. Er erklärte Jean-Christophe de G., dass er leider keine Zeit mehr gehabt habe, das Pferd nach seiner Flucht zu untersuchen, und händigte ihm daraufhin einen Erste-Hilfe-Koffer mit medizinischem Material aus, mit dem er die Verletzungen behandeln konnte. Der Frachtmanager der Lufthansa wechselte noch einige Worte mit dem Piloten, verließ dann über die Treppe vorne das Flugzeug, und die Türen der Boeing wurden eine nach der anderen geschlossen.

Jean-Christophe de G. und Marie wurden aufs Oberdeck geführt, der Pilot ging ihnen durch den Frachtraum durch einen schmalen, von Leuchtstreifen auf dem Boden markierten Gang voller Container voraus, vorbei an einer Ladung von fünfhundert vakuumverpackten Bürokopierern, die im Halbdunkel lagerten. Der Pilot zog eine einfache Metallleiter herunter, öffnete eine Klappe in der Decke und bat sie, hinaufzusteigen. Auch das Oberdeck der Boeing war nicht für Passagiere eingerichtet. An diesem ungemütlichen Ort gab es nur ein paar spartanisch ausgestattete Sitze, die für die Cargonauten reserviert waren, die ihre Ware begleiteten. Der Boden war bedeckt mit billiger, abgenutzter Auslegeware, die einzige Sitzreihe befand sich gegenüber der Tür zum Cockpit. Ein Japaner saß bereits da und schlief, im Trainingsanzug und in Socken döste er auf seinem Sitz mit einer Schlafbrille vor den Augen. Sonst waren sie die Einzigen, mit den Piloten. Kaum hatten sie sich gesetzt, als sich die Tür zum Cockpit öffnete und der Kapitän Jean-Christophe de G. aufforderte, vor dem Start, der unmittelbar bevorstehe, zu seinem Vollblut in den Frachtraum zu gehen, es sei beim Transport von Rennpferden üblich, dass sich die Begleiter des Pferdes während des Starts in den Pferdeboxen aufhalten, um die Tiere zu beruhigen.

Jean-Christophe de G. und Marie waren wieder in den Frachtraum hinuntergestiegen. Wegen des bevorstehenden Starts waren die Lichter noch eine Stufe dunkler gestellt worden, außer der grünen Notbeleuchtung an den Türen sah man nichts mehr in den Tiefen des Flugzeugs, nur noch ein paar geisterhafte Orientierungslichter glommen an der Decke. Die Boeing 747 Cargo hatte sich in Bewegung gesetzt und die Parkposition verlassen, sie rollte langsam durch die Nacht zur Startbahn. Der starke Wind ließ den Flugzeugrumpf vibrieren, manchmal schüttelten heftige Böen die Ladung am hinteren Ende des Frachtraums. Das Flugzeug hatte an der Zufahrt zur Startbahn angehalten und wartete auf die Freigabe des Towers. Marie schaute nach vorne gebeugt durch eine kleine Fensterluke, die ein feiner, immer wieder nachfließender Film aus Regen überströmte. Stark irisierende Lichter, weiß und gelb, manchmal auch rot, dauerhaft oder aufblitzend, waren in der Nacht zu erkennen. Die Positionsleuchten auf den Spitzen der Flughafengebäude und die Markierungen der Start- und Landebahnen auf dem Boden mischten sich mit den hell aufleuchtenden Scheinwerfern, die das Flugzeug zum Start angeschaltet hatte und durch die der Regen in Sturzbächen fiel.

Jean-Christophe de G. hatte die Tür der Pferdebox entriegelt und war zum Pferd hineingegangen. Zahir bewegte sich nicht, hielt seinen Kopf gesenkt und schien ruhig in seiner Box zu sein, seine Augen waren nicht mehr verbunden, und man hatte ihm auch das dicke Hanfseil abgenommen, mit dem sein Vorderlauf gefesselt worden war. Auf seinem Rücken lag eine kurze Veloursdecke, und seine Fesseln waren immer noch so dezent durch diese lächerlichen, mit Schmutz und Schlamm bespritzten Neoprenbändchen geschützt, voller Spuren bräunlichen Spritzwassers in Folge seiner Flucht. Jean-Christophe de G. blieb keine Zeit, die Verletzung zu untersuchen, durch einen Lautsprecher kam eine Ansage, kurz und schroff, kaum zu verstehen durch das Knacken und Knistern, und das Flugzeug setzte sich in Bewegung, begann auf der Startbahn Geschwindigkeit aufzunehmen, es zitterte an allen Ecken und Enden, die Tür der Pferdebox schlug hin und her, Marie versuchte sie festzuhalten, die gesamte Ladung im Frachtraum wurde durchgeschüttelt, ein allgemeines metallenes Geklirr und Geklapper von Gurten und Ketten, von Halterungen und Bandeisen, Spannseilen und Verschlüssen brach los.

Jean-Christophe de G. hielt Zahir fest am Zaumzeug, sein Gesicht war an die Halsmulde des Pferdes gepresst, mit leiser Stimme sprach er auf es ein, um es zu beruhigen. Das Pferd, durch das Aufheulen der Triebwerke und den weiter anschwellenden Lärm, der im Frachtraum herrschte, verängstigt, schlug aus, machte einen Sprung zur Seite, schüttelte den Kopf. Das Flugzeug gewann immer mehr an Tempo, im Dunkel draußen vor den Fensterluken des Frachtraums flogen die Lichterketten in immer höherer Geschwindigkeit vorbei, und als die Boeing 747 Cargo sich in einem letzten unwiderstehlichen Schub vom Boden losriss und zu fliegen begann, wäre Marie fast aus dem Gleichgewicht gekommen, für einen Moment verlor sie die Orientierung, sie verspürte kurz den Drang, wieder ans Oberdeck zu gehen und sich anzuschnallen. Sie machte einige unsichere, schwankende Schritte mit ausgebreiteten Armen durch die Finsternis des Frachtraums in Richtung der Klappe, die nach oben führte, kehrte jedoch wieder um, sich bewusst, dass sie es allein nie würde schaffen können. Die Boeing wurde im Steigflug hart durchgeschüttelt. Die Maschine mühte sich, im Kampf gegen die mit voller Wucht entgegenströmenden Massen feindlicher Luftwirbel ihre Lage zu halten, gewann durch den Schub ihrer Triebwerke immer weiter an Höhe. Vom Wind durchgerüttelt, durchstieß sie die dicken Regenwolken, stürmisch peitschte der Regen gegen den Flugzeugrumpf. Draußen grollte der Donner, Blitze leuchteten grell vor den Fensterluken und zeichneten in beunruhigendem Zickzack weiße Streifen an die Decke des Frachtraums.

Etwa zehn Minuten nach dem Start erlaubten es Marie die ruhiger gewordenen atmosphärischen Bedingungen, wieder zu Jean-Christophe de G. in die Pferdebox zu gehen. Das Pferd verhielt sich ruhig, es war festgebunden und wirkte niedergeschlagen, wie durch ein starkes Beruhigungsmittel betäubt. Marie schlängelte sich ins Halbdunkel der Box an dem Vollblut vorbei. Es war ein dunkler und enger Metallcontainer, dessen elegante, blau gesteppte Polsterung Feuchtigkeit ausschwitzte und dessen harter Gummiboden zum Teil mit einer dicken Schicht Stroh bedeckt war, in dem die Schuhe versanken. Das Flugzeug setzte seinen Anstieg fort, um seine Reiseflughöhe zu erreichen. Die Turbulenzen hatten noch nicht aufgehört, Jean-Christophe de G. musste sich, während er die Verletzung des Pferdes mit Hilfe einer Taschenlampe untersuchte, immer wieder mit einer Hand an der Wand der Box abstützen. Er besaß nicht wirklich die Kenntnisse eines Veterinärs, hatte aber früher schon das eine oder andere Mal selbst seine Pferde verarztet, einen Verband angelegt oder ihnen eine Spritze verabreicht. Der Vorderlauf von Zahir war aufgeschlagen, das Fleisch lag offen, die Haut war aufgeplatzt und hing in kleinen, gezackten Fetzen an der Wunde. Jean-Christophe de G. hatte ein Taschentuch aus seiner Tasche geholt und säuberte vorsichtig die Wunde, entfernte einige Haare, die um die Verletzung herum klebten, öffnete dann den Erste-Hilfe-Koffer, den der Japaner ihm anvertraut hatte, begutachtete den Inhalt, diverse Fläschchen, Dosen,

Cremetuben, Kompressen, Mullbinden, Scheren. Er zog ein Brillenetui aus seiner Tasche und setzte seine Brille auf, Marie sah hier im Pferdecontainer zum ersten Mal, dass Jean-Christophe de G. eine Brille trug (vermutlich hatte er es bisher aus Eitelkeit vermieden, in ihrer Gegenwart eine Brille aufzusetzen, aber Marie fand es amüsant, diese so anrührende Entdeckung im Frachtraum eines fliegenden Flugzeugs zu machen), er studierte den langen kleingedruckten englischen Text auf dem Etikett eines der Fläschchen des Herstellers Schein Inc., hielt es nah vor die Augen und überflog es schnell: Povidon Topical Solution (ja, das ist Jodtinktur, sehr gut, sagte er, man kann ein paar Tropfen davon dazutun, um die Wunde zu desinfizieren).

Die Reisebox des Pferdes war einfach, aber mit allem ausgestattet, mit Vorräten an Futter und Stroh, mehreren Fünf-Liter-Kanistern mit Wasser. Jean-Christophe de G. hatte sich an der Seite des Containers niedergekauert und etwas Wasser aus einem der Kanister in eine Schüssel gefüllt, dann träufelte er vorsichtig ein paar Tropfen der Salzlösung in die Schüssel, fügte ein antiseptisches Präparat hinzu, bis die Mischung, die er vorsichtig mit seinem Zeigefinger anrührte, eine Farbe von leichtem Oolong-Tee angenommen hatte, mit einigen dunkleren Schlieren darin, die wie wellenförmig gewundene lakritzfarbene Blutgefäße aussahen. Wegen des turbulenten Flugs richtete er sich vorsichtig wieder auf, näherte sich schwankend dem Pferd, mit der Schüssel in der Hand, in der das Wasser laut plätschernd tanzte und in kleinen Wellen auf das Stroh schwappte. Die Schüssel an die Brust gepresst, um sie vor den Stößen des Flugzeugs zu bewahren, begann er, die Wunde zu reinigen, er rieb das abgestorbene Fleisch mit einer feuchten Kompresse ab, entfernte die Unreinheiten um die Verletzung herum, kleine Steinchen, Staub und andere Fremdkörper, die noch am lädierten Körperteil klebten. Das Pferd ließ es mit abwesenden Augen geschehen, es schien unempfindlich. Wich nur einmal heftig zurück, als Beweis, dass es jederzeit wieder gefährlich werden konnte.

Das Flugzeug war in eine neue Zone mit Turbulenzen geraten. Es wurde jetzt immer stärker durchgerüttelt, die Wasserkanister aus Plastik schlugen am Boden aneinander und die Halteriemen tanzten an den Wänden, schließlich rutschte der Erste-Hilfe-Koffer zu Boden und sein ganzer Inhalt verteilte sich auf der Streu, umgekippte Phiolen und kleine Scheren landeten im Stroh. Die Situation in der Pferdebox begann kritisch zu werden, Marie musste sich am Futtertrog festhalten, um nicht gegen das Pferd geschleudert zu werden, und aus den Lautsprechern des Flugzeugs waren ferne und verschwommene Echos dringender Cockpitansagen zu hören, die sie nicht verstanden, nur erraten konnten, man forderte sie auf, wieder ihre Sitzplätze einzunehmen und sich anzuschnallen. Die Lichter waren plötzlich überall angeschaltet, die Deckenleuchten des Frachtraums warfen grelles, rohes Licht auf die Stapel von Paletten, die man durch die geöffnete Tür der Pferdebox undeutlich sehen konnte, dann flackerten die Neonröhren an der Decke ein letztes Mal und erloschen, kein einziges Licht brannte mehr im Frachtraum, selbst die Notleuchten waren ausgegangen. Das Pferd lauerte, spürte die es umgebende Nervosität, wurde immer unruhiger in seiner Box, begann auf der Stelle zu stampfen, trat zurück, zerrte in allen Richtungen an seiner Leine, die Ösen des Futtertrogs, an denen es angebunden war, klirrten. Es versuchte eine Drehung, bäumte sich auf in der Box, stellte sich wieder gerade und fing an zu wiehern, mit offenem Maul und gebleckten Zähnen, ließ plötzlich im Dunkel das Zahnfleisch sehen. Marie, die glaubte, dass das Pferd sich losgerissen hatte, bekam Angst und verließ überstürzt den Container.

Sie hatten beide überstürzt den Container verlassen, in der gleichen Aufwallung von Panik, in dem Durcheinander war die Taschenlampe zu Boden gefallen, sie hatten sie nicht einmal mehr aufgehoben, waren an den Wänden entlang hinausgekrochen, ohne innezuhalten oder zurückzugehen, hatten die brennende Taschenlampe einfach im Stroh liegen gelassen, ein winziges Lichtbündel zwischen den Pferdehufen. Sie hatten sich nach draußen gerettet und fanden sich plötzlich in der absoluten Finsternis des Frachtraums wieder, wo das Brummen der

Triebwerke in vervielfachter Stärke dröhnte. Das Pferd schlug weiter wild im Container, bewegte sich auf der Stelle vor und zurück, trat auf die Taschenlampe und zerstampfte sie wie eine Nussschale mit seinem Huf, pulverisierte sie mit einem Geräusch von zerbrechendem Glas, löschte mit einem Tritt das letzte noch verbliebene winzige Licht im Frachtraum. Die Box war jetzt in vollkommene Dunkelheit gehüllt, ausgefüllt mit der schwarzen Silhouette des Pferdes, nervös, unsichtbar, angsteinflößend bewegte es sich schnaubend in seinem engen Verschlag.

Eilig entfernten sie sich, wussten aber nicht, wohin sie sich wenden sollten, fanden die Leiter nicht mehr, die zu der Luke nach oben führte, irrten Seite an Seite durch die Dunkelheit auf der Suche nach einer Zuflucht oder irgendeinem Griff, an den sie sich hätten klammern können. Sie stolperten über Schienen, glitten auf Kugellagern und Laufrollen aus, konnten die Abstände der auf dem Boden montierten Walzen nicht mehr unterscheiden, sie verpassten die markierten Wege, wagten sich in die Mitte der Rollen, die nicht blockiert waren, sondern begannen, sich unter ihren Schritten zu drehen, und mit einem wahnsinnigen Getöse setzte sich der Mechanismus der Walzen in Bewegung. Sie tanzten auf der Stelle, auf dem unsicheren Boden, der unter ihnen auf Rollen fortbewegt wurde, machten weit ausholende Armbewegungen, um das Gleichgewicht zu halten, sie klammerten sich schwankend aneinander, stützen sich mit den Händen am Boden ab, Jean-Christophe de G. ließ schließlich seine Schüssel fallen, sie sahen, wie sie auf dem Boden wegrollte, vom Metall des Bodens wieder hochsprang, scheppernd hochgeschleudert bei jedem Stoß des Flugzeugs. Mühevoll suchten sie in der Dunkelheit den Weg zurück, nach vorn gebeugt, als würden sie gegen starken Wind ankämpfen müssen, sie orientierten sich an der Außenwand, an der eine Art natürlicher, enger Weg durch das Flugzeug führte. An der Frachtraumtür, die mit lautem Gerassel vibrierte, hielten sie inne. Bis in ihre Körper hinein spürten sie die Erschütterungen des Flugzeugs, all seine Schwingungen und seine Vibrationen unter dem Druck der Luftmassen und entfesselten Winde, gegen die die Maschine ankämpfte, und sie wussten, dass auf der anderen Seite der Bordwand, zehn, höchstens zwanzig Zentimeter von ihnen entfernt endgültige Nacht herrschte.

Sie hatten sich hingekauert und bewegten sich nicht mehr. Vor ihnen schaukelten die auf Paletten gelagerten Container mit beängstigendem Knarren und Kreischen der Metallbänder. Durch die Fensterluken erblickte man die regelmäßigen vom Flugzeug in die Nacht geschleuderten Blitze der Stroboskopleuchten, kurz, weiß, geräuschlos. Sie hatten vergessen, wo sie sich befanden. Durch die Dunkelheit hörten sie Zahir nur ein paar Meter von ihnen entfernt stöhnen, das Pferd hatte sich beruhigt, es gab nur noch wenige gedämpfte, heiserklagende Geräusche von sich. Nur mit Mühe hielt es sich auf den Beinen, vor seinem Maul stand Schaum, der Speichel lief ihm hinunter, es versuchte nicht einmal, ihn zurückzuhalten, weißlich tröpfelte er seinen Kiefer herunter. Es schien unter Drogen gesetzt, derart wechselten sich die Zustände der Erregung und der Mattigkeit ab. Möglicherweise hatte man ihm direkt nach seinem Ausbruchsversuch ein Beruhigungsmittel gespritzt, das konnte sehr schnell geschehen sein, auch ohne Wissen von Jean-Christophe de G., intravenös, versteckt vor den Blicken anderer, ein Wattebausch getränkt mit Alkohol um die Einstichstelle am Hals, ein diskreter, kurzer Stich mit der Nadel in die Vene. Sein Puls, der beim Start auf über zweihundert Schläge angestiegen sein musste, schlug weiterhin unregelmäßig, obwohl er im Ruhezustand war, keine Anstrengung unternahm, nur in seiner Box das Gleichgewicht halten musste, sich nach jedem neuen Stoß des Flugzeugs wieder in Position bringen, wieder aufstellen, sich auf den Hinterbeinen abstützen musste, um die Stöße abzufedern. Zahir fühlte sich schlecht, es war ihm übel, er war vom Speichel besudelt. Unbeweglich und niedergeschlagen stand er da, mit geöffneten Augen und geblähten Nüstern. Armselig scharrte er mit der Spitze des Hufs im Stroh, grub sich ein Loch in den Boden, monoton, sinnlos. Er machte nichts, er litt, ein ungewisses Leiden, leicht, widerwärtig, und nicht einmal ein Leiden, nur eine einfache Übelkeit, eben, unbeweglich, unendlich. Nichts ereignete sich. Nichts, nur die Wirklichkeit dauerte an.

Zahir kannte keinen anderen Zustand des Bewusstseins als die Gewissheit, da zu sein, er besaß diese stille, wortlose und unfehlbare Gewissheit eines Tiers. Alles, was außerhalb seines Containers stattfand, war ihm unbekannt, der Himmel, die Nacht und das Universum. Seine Vorstellungskraft erschöpfte sich an den Wänden vor ihm, dort endete sein Denken und schnellte wieder zurück in die Nebelhaftigkeit seines eigenen Bewusstseins. Als würde Zahir geistige Scheuklappen tragen, die ihn daran hinderten, die Welt jenseits seines Blickfeldes zu begreifen, die ihn nach allen Seiten hin begrenzten, schwarz, blind, metallisch. Er war außerstande, die stofflichen Grenzen seiner Box zu überwinden, sich mittels seiner Vorstellungskraft in die Nacht hineinzudenken, durch die die Boeing flog, er kannte nicht das uralte Verlangen, immer wieder die Grenzen zu überschreiten, um darüber hinausschauen zu können, und selbst einmal angenommen, es wäre ihm gelungen, es wäre ihm tatsächlich gelungen, sich kraft seiner Vorstellung durch die Bordwand des Flugzeugs hinauszudenken – die vernietete Haut des Flugzeugs zu durchbrechen –, er wäre sofort, alle vier Hufeisen in die Luft gestreckt, vom Himmel gestürzt, ein Ikarus, der sich die Flügel verbrannte, als er aus dem Traum, den er träumte, aufwachen wollte.

Denn Zahir lebte ebenso in der Wirklichkeit wie in der Phantasie, in diesem Flugzeug hier im Flug ebenso wie in den Nebeln eines Bewusstseins oder eines unbekannten, dunklen, bewegten Traums, in dem die Turbulenzen des Himmels die Leuchtfeuer der Sprache sind, und auch wenn in der Wirklichkeit Pferde nicht kotzen, nicht kotzen können (es ist ihnen rein physisch unmöglich, zu kotzen, ihr Organismus erlaubt es ihnen nicht, selbst wenn ihnen speiübel ist, selbst wenn ihr Magen mit toxischen Substanzen vollgepumpt ist), war Zahir in dieser Nacht am Ende seiner Kräfte, er taumelte in seiner Box, fiel auf die Knie ins Stroh, die Mähne klebte am Kopf, das Fell war zerzaust, aufgerieben und mit einer übelriechenden Schicht getrockneten Schweißes bedeckt, sein Kiefer war taub, seine teigige Zunge kaute ins Leere, er sonderte sauren, schwitzigen Speichel ab und verlor erneut das Gleichgewicht, er fühlte sich schlecht, versuchte, sich wieder in seiner Box aufzurichten, machte auf seinen schlotternden Beinen einen Schritt zur Seite, konnte sich kaum halten, war kurz davor, in der Box bewusstlos zusammenzubrechen, fiel wieder in Zeitlupe auf die Knie, sackte mit gebogenen Vorderläufen in sich zusammen. Mit drückendem Magen, gebläht durch die Gärung, fühlte er, wie sein Futter ihm den Magen hochstieg, kalter Schweiß ertränkte ihm seine Schläfen, und plötzlich verspürte er diese so konkrete physische Nähe zum Sterben, die man dann verspürt, wenn man kurz davor ist, sich zu übergeben, wenn dieser schauderhafte saure Speichel, der in den Mund steigt und das unmittelbare Bevorstehen des Erbrechens ankündigt, wenn sich die Eingeweide verkrampfen und der Mageninhalt plötzlich den Hals überschwemmt und in den Mund schießt, so fing Zahir in dieser Nacht, während dieses Nachtflugs im Frachtraum der Boeing 747, ungeachtet seiner Natur, ein Verräter seiner Spezies, zu kotzen an.

Schon am Tag des Rennens hatte sich Zahir unwohl gefühlt. Angesichts seiner ungewohnten Nervosität hatte sich der Trainer entschieden, ihm Blinkers aufzusetzen, jene schwarze Lederkapuze, die wie eine Eisenmaske über den Kopf des Pferdes gestülpt wird und die Ohren freilässt, wegen der Plastikschalen an den Seiten kann es nur nach vorne blicken. Bei der Präsentation der Pferde im Führring war der in seinem Sehen behinderte Zahir nicht zu bändigen, er hatte Kopf und Hals hin- und hergeworfen, im Versuch, sein Sichtfeld zu erweitern. Eine dichte Zuschauermenge drückte sich vor der Absperrung des Paddocks, in dem die Pferde im Schritt durch den gräulichen Sprühregen defilierten, mit auf den Rücken geworfenen Decken, an der Kandare geführt durch ihre kostümierten Pferdeburschen: Zahir, schwarz, kraftvoll, nervös, machte eine Dummheit nach der anderen, er unternahm brüske Ausfallschritte, tanzte auf der Stelle, stampfte in der Allee mit seinen Hufen ungestüm auf den Boden, wurde wieder von seinem Burschen eingefangen, der ihn niemals in solch einem Zustand gesehen hatte und ihm fest die Hand auf die Nüstern drücken musste, um ihn zu beruhigen. Auf einer riesigen elektronischen Tafel, wie jene automatischen Anzeigen in Flughäfen, die im ständigen Wechsel die Ankunftszeiten mitteilen, informierten hier Tausende von Zahlen über die ständig wechselnden Wettquoten der Pferde, die am Start waren, deren zum Teil geheimnisvolle Namen wie sibyllinische Katakanas in elektrischen Dioden rötlich schimmernd im Nebel auftauchten, der das Hippodrom von Tokio umhüllte. Marie war zum ersten Mal bei einem Pferderennen, und sie war fasziniert von der Atmosphäre, die um sie herum im Paddock herrschte, so kurz vor dem Start des *Tokyo Shimbun Hai.* In der Begleitung von Jean-Christophe de G. hielt sie sich in jenem Geviert auf, das den Eigentümern der Pferde vorbehalten war, inmitten der bunt gemischten Fauna von Trainern und Pferdewettern, eine bunte Mischung aus westlichen und japanischen Gestalten, die Jockeys verstreut darunter in kleinen Gruppen, ernst, gekrümmt, große Rennbrillen auf ihren gepolsterten Mützen, weiße Reithosen und mit Reitpeitschen in den Händen, die vor dem Start, inmitten eines Buketts aus farbigen Hüten und durchsichtigen Regenschirmen, die in den feuchten Nebelschwaden über dem Paddock verblassten, ein paar Worte mit den Eigentümern wechselten.

Marie stand reglos und mit überkreuzten Armen da und musterte träumerisch die Kostüme der Jockeys, ihre Buntheit und ihre Farbenpracht, und malte sich aus, wie eine Haute-Couture-Kollektion mit dem Thema Pferdesport aussehen könnte, die die geometrischen Motive der Rennjacken aufnehmen würde, ein Arrangement von Kreisen und Rhomben, Kreuzen und Sternen, Epauletten und Borten, eine Fülle von Tupfern, Streifen, Fischgrät, von Trägern, Litzen und Aufnähern, wo sie Magentarot oder Solferinorot wagen würde, dazu kirschrote Ärmel einnähen, mit mohnblumenroten oder mandarinenfarbenen Mützen, kombiniert mit einem rehbraunen Aalstrich obendrauf. Sie würde mit Himbeerrot und Osterglockengelb spielen, mit Kapuzinerkresse, Kupferbraun, Flieder, Immergrün, Vergissmeinnichtblau, Maisgelb, sie würde knitterfreie Stoffe und indisches Tuch wählen, reine oder gemischte Seide, Taftseide, Tussahseide, Tussorseide, und beim abschließenden Defilee würde sie zum feierlichen Höhepunkt alle Mannequins gleichzeitig als Rudel junger Stuten auf den Laufsteg schicken, die mit im Wind wehender Mähne und in Roben aller Farben aufgaloppieren würden: rotfüchsig, rappenschwarz, rotbraun, baibraun, palominogelb, agoutibraun, isabellgold und champagnerfarben.

Marie fragte Jean-Christophe de G., ob das Wort *la robe* für alle Sprachen Gültigkeit besitze. Ob man dasselbe Wort in Englisch gebrauche, um das Haarkleid des Pferdes zu bezeichnen. *A dress?* Jean-Christophe de G. erklärte ihr, dass dem nicht so sei, dass man im Englischen *coat* sagen würde, Mantel – wegen des Klimas, erklärte er ihr mit einem Lächeln, in Frankreich mochten den Pferden Roben genügen, in England brauchten sie dann schon einen Mantel (und natürlich einen Regenschirm, fügte er gelassen hinzu). Jean-Christophe de G. und Marie waren am frühen Nachmittag am *Tokyo Racecourse* angekommen. Sie hatten sich die ersten Rennen aus den für die Pferdeeigner reservierten Logen in der obersten Etage des Hippodroms angeschaut. Von den luxuriösen Privatsalons aus hatte man durch die riesigen Panoramafenster oberhalb der Rennbahn eine ungehinderte Sicht auf die Rennstrecke. Dichter Nebel behinderte an diesem Tag die Sicht auf die Rennstrecke und ließ die Grenzen des Hippodroms im Dunst verschwinden. Müde und verstört sah Marie den Rennen zu, hinter der Glaswand stehend, verfolgte sie geistesabwesend ein unwirkliches Peloton von Vollblütern, das auf der Gegengeraden wie erstarrt an den Barrieren entlang durch den Nebel glitt, Jean-Christophe de G. kam gelegentlich zu ihr herüber, um nach ihr zu schauen, und sie traten dann durch die Glastür hinaus auf die Tribüne, um im Freien den Einlauf der Pferde zu erleben, dort, wo plötzlich in der feuchten und zittrigen Nachmittagsluft sich das Geschrei der zwanzigtausend im Hippodrom anwesenden Zuschauer erhob, die die Pferde am Eingang der Zielgeraden in einer Woge von Gejohle und frenetischen Rufen anfeuerten und leidenschaftlich die Arme ausstreckten und hochrissen, in einem Crescendo anschwellend, das bis zum Zieleinlauf, bis zum endgültigen Überreiten der Ziellinie nicht wieder abfiel. Danach begaben sich die Pferdebesitzer wieder in ihre Privatsalons zurück, verweilten in ihren Logen. Eine Schar von Hostessen verbeugte sich vor ihnen, neigte, wenn sie vorübergingen, vor ihnen feierlich den Kopf, während die Pferdebesitzer sich am Buffet ein Glas holten oder sich auf einem der vielen Monitore in den Salons nochmals in Endlosschleife die Wiederholung des Rennens anschauten.

Im Führring war die Vorstellung der Pferde beendet, und die Jockeys verabschiedeten sich von den Besitzern der Pferde. In der Allee warteten die Jockeys auf ihre Pferde, liefen dann erst einen Augenblick neben ihnen her, bevor sie sich mit einem Schwung geschmeidig, gelenkig und federleicht in den Sattel warfen, aus der Runde formte sich eine Linie, die Jockeys waren jetzt alle im Sattel, wurden aber noch immer von der Hand ihrer

Burschen geführt, Marie betrachtete den Jockey, der Zahir ritt, ein irländischer Jockey in den Farben des Gestüts von Ganay, mit gelber Rennjacke und grüner Rennkappe. Er schloss gerade den Kinnriemen an seinem Helm, seine Beine hingen frei an der Seite des Pferdes, die Stiefel waren noch nicht in den Steigbügeln. Am Ausgang des Paddocks liefen die Pferde in Richtung der Startboxen, machten einen leichten Aufgalopp auf der Rennstrecke, die in den Steigbügeln stehenden Jockeys schienen über ihren Sätteln in der Luft zu schweben.

Die Pferdebesitzer verließen bereits den Paddock, auch Jean-Christophe de G. und Marie beeilten sich, um sich durch die Menschenmenge einen Weg zurück zu den Tribünen zu bahnen und wieder in ihre Loge zu gelangen. Sie betraten die ausgedehnte Eingangshalle des Erdgeschosses und durchquerten mit weiten Schritten den verrauchten Saal mit den Wettschaltern, vorbei an verschlossenen Gesichtern, kurzen Lederblousons, geschäftigen Gestalten, im Schmutz aus Feuchtigkeit und Regen und auf dem Boden herumliegenden Wettscheinen abgelaufener Rennen, über Pappteller und zerfetzte Rennzeitungen, die in verblichenen Farben ganzseitige Fotos von Jockeys zeigten, darüber fette Schlagzeilen aus japanischen Schriftzeichen. Hunderte standen noch an den unzähligen Wettschaltern und warteten, dass sie drankamen, warfen immer wieder nervöse Blicke auf die Monitore, die über die aktuellen Quoten der Rennteinehmer informierten, blätterten dabei in ihrem Programmheft und kreuzten einen Pferdenamen an. Andere saßen mit ausgezogenen Schuhen und aufgeknoteter Krawatte auf dem Boden und aßen, ohne die Bildschirme aus den Augen zu lassen, die Schuhe fein säuberlich vor ihnen aufgestellt, klebrigen Reis mit Stäbchen und schlürften bräunlichen Tee aus kleinen Plastikfläschchen. In der Eingangshalle herrschte ein nicht enden wollendes Stimmengewirr und ein Geruch nach Regen und feuchtem Tabak, der sich mit dem Küchengestank von karamellisierten Saucen und Soja vermischte. Jean-Christophe de G. und Marie hatten die Rolltreppe erreicht, die in die zweite Etage führte, dort nahmen sie eine weitere Rolltreppe zur dritten Etage. Aus den Lautsprechern des Hippodroms ertönten ununterbrochen Ansagen auf Japanisch. In den oberen Stockwerken waren die Räumlichkeiten heller und weniger verraucht, die Menschenmenge, die ihnen auf den Gängen hier begegnete, war übersichtlicher. Wie in einer Shopping Mall erstreckte sich hier ein labyrinthisches System von Gängen und Laufstegen aus Glas, überlagerten sich Brücken, reihten sich Cafés, Restaurants und Souvenirläden aneinander. Eine letzte, private Rolltreppe führte zu den Salons der Offiziellen und der Eigentümer. Der privilegierte Zugang war durch ein dreiarmiges Drehkreuz aus Metall geschützt, über das in kleine rosafarbene Kostüme gekleidete Hostessen wachten. Jean-Christophe de G. steckte eine Magnetstreifenkarte in das Drehkreuz und durchschritt mit Marie das Hindernis. Langsam ließen sie sich, Seite an Seite auf den Stufen der schmalen, privaten Rolltreppe stehend, zu den VIP-Räumen des Hippodroms emportragen, warfen noch einen letzten, kurzen Blick auf das rege Leben und Treiben unter ihnen, als Marie mich in der Menge entdeckte.

Sie entdeckte mich, da, in einem der Gänge stehend. Sie ließ sich nichts anmerken, machte nicht einmal eine Geste, ihr Herz hatte aufgehört zu schlagen. Es waren jetzt mehrere Tage vergangen, seit ich aus ihrem Leben verschwunden war und sie keinerlei Nachricht von mir erhalten, sie nicht einmal gewusst hatte, ob ich überhaupt noch in Tokio war. Doch es bestand kein Zweifel, das war ich, sie hatte mich an meiner Figur erkannt, im Profil, im Gang, mit einem Pappschälchen mit Tako-Yaki in der Hand, die ich etwas abseits der großen Menge im Begriff war, mit Stäbchen zu essen. Die Tako-Yaki dampften leicht in ihrem Schälchen, sie waren mit einer Schicht von feingeriebenen Daikon-Schalen überzogen, winzige, von der Hitze aufgerollte, bräunliche Späne.

Was tat ich da? Ich hätte mich niemals an diesem Ort befinden dürfen, die Wahrscheinlichkeit, dass ich an diesem Tag zu einem Pferderennen in Tokio gehen würde, war winzig (ich war an diesem Morgen zufällig auf einen Artikel der *Japan Times* gestoßen, der die Veranstaltung ankündigte), und die Wahrscheinlichkeit, dass Marie zur selben Zeit wie ich dort sein würde, war gleich null. Und doch war ich, völlig unvorbereitet, plötzlich mit Maries Anwesenheit konfrontiert, auch ich hatte sie erkannt, hatte sie nur etwa zwanzig Meter von mir entfernt stehen sehen, bewegungslos auf den Stufen der Rolltreppe in Begleitung eines Herrn, den ich nicht kannte, eines Herrn, der älter war als sie, bekleidet mit einem eleganten dunklen Mantel und einem Kaschmirschal. Sie hatte sich nicht bei ihm untergehakt, aber sie war mit ihm zusammen, das stach mir ins Auge, sie war in aller Heimlichkeit mit ihm zusammen, und sie war in aller Offenheit mit ihm zusammen, die geringe Entfernung, die sie voneinander trennte, war verräterischer, als jede Berührung es hätte sein können, aber sie berührten sich nicht, sie streiften sich an ihren Schultern, ein winziger Abstand blieb zwischen ihren Mänteln. Ich betrachtete Marie, und ich begriff, dass ich nicht mehr da war, dass es jetzt nicht mehr ich war, der mit ihr zusammen war, ich sah vor mir das Abbild meiner Abwesenheit, aufgedeckt durch die Anwesenheit dieses Mannes. Ich hatte ein unabweisbares Abbild meiner eigenen Abwesenheit vor Augen. Als würde mir schlagartig ein visuelles Bewusstsein darüber zuteil, dass ich seit einigen Tagen aus dem Leben von Marie verschwunden war, und dass ich mir erst jetzt vor Augen führen ließ, dass sie ihr Leben weiterlebte, auch wenn ich nicht mehr bei ihr war, dass sie ihr Leben in meiner Abwesenheit lebte – und aller

Wahrscheinlichkeit nach ihr Leben jetzt noch intensiver lebte, weil ich ununterbrochen an sie dachte.

Unsere Blicke trafen sich, und ich machte einen Schritt zu ihr hin, wurde aber von dem Drehkreuz aufgehalten, und ich verstand sofort, dass es da für mich zu Ende sein würde, es wäre nicht einmal die Mühe wert gewesen, die Hostessen um Erlaubnis zu bitten. Ich suchte weiter die Augen von Marie, von Marie, die sich von mir entfernte, die reglos dastand und sich doch auf den Stufen der Rolltreppe von mir entfernte, wie die Gefangene einer anästhesierten Wirklichkeit, Marie, die gelähmt war und unfähig, die Treppe in entgegengesetzter Richtung herunterzulaufen, um wieder zu mir zu kommen, gegen alle Konventionen zu verstoßen, sich am Handlauf festhaltend, die nach oben rollende Treppe hinabzulaufen, um mir hier unten vor den Augen der fassungslosen Zuschauer in die Arme zu fallen. Ich sah, wie Marie im bedächtigen Tempo der emporfahrenden Rolltreppe sich von mir entfernte – Marie unbeweglich, Verzweiflung in den Augen –, ich konnte sie nicht aufhalten, ich konnte nicht zu ihr hin, ich saß am Fuß der Rolltreppe fest, und sie konnte nicht zu mir, machte mir kein Zeichen, nur ein verlorenes, trauriges Gesicht, das sich auf der vor mir emporsteigenden Rolltreppe entfernte. Ich sah zu, wie sie sich von mir entfernte, und hatte das Gefühl, als ich sie so in die Höhe steigen sah, dass sie im Begriff war, an ein anderes Ufer überzusetzen, dass sie einem Jenseits zutrieb, einem unsagbaren Jenseits, einem Jenseits der Liebe und des Lebens, dessen rötliche Tiefen am oberen Ende der Rolltreppe hinter den gepolsterten Pforten der Privatsalons des Hippodroms ich nur erahnen konnte. Die Rolltreppe brachte sie in diese geheimnisvollen Gefilde, zu denen ich keinen Zutritt hatte, die Rolltreppe war das Vehikel ihrer Überfahrt, ein vertikaler Styx – geriffelte Metallstufen, ein Handlauf aus schwarzem Gummi –, mit dem sie fortgetragen wurde ins Reich der Toten.

Marie bewegte sich nicht, mit verschleierten, starren, abwesenden Augen ließ sie sich von der Treppe forttragen, ohnmächtig, traurig, passiv, ich ließ sie nicht aus den Augen, umrundete die Rolltreppe, lief seitlich daneben her, um wenigstens die Entfernung, die uns trennte, nicht größer werden zu lassen, aber ich spürte, wie sie sich unwiederbringlich weiter von mir entfernte, ich verfolgte sie weiter mit meinen Blicken, um sie nicht aus den Augen zu verlieren, ich spürte, dass sie dabei war, sich mir für immer zu entziehen, aber auch ich tat nichts, um zu ihr zu gelangen, ich machte keinerlei Anstalten, das Hindernis des Drehkreuzes mit Gewalt zu überwinden, zu versuchen, sie vor ihrem Schicksal zu bewahren. In diesem Moment war ich der festen Überzeugung, es sei das letzte Mal gewesen, dass ich sie gesehen hatte, ich sah zu, wie sie langsam auf der Rolltreppe entschwand, und mich überkam das Verlangen, sie noch einmal in die Arme zu schließen für ein allerletztes Adieu. Ich hatte in diesem Augenblick die untrügliche Gewissheit, dass, wenn Marie jetzt aus meinem Leben verschwinden würde, wenn sie die Schwelle dieser schweren, gepolsterten Türen der Privatsalons des Hippodroms überschreiten würde, dies das letzte Mal gewesen wäre, dass ich sie gesehen hätte – und dass sie sterben würde (nur wusste ich damals noch nicht, dass, auch wenn meine furchtbare Vorahnung sich in den kommenden Monaten bestätigen würde, es nicht Marie sein sollte, die sterben würde, sondern der Mann, der sie begleitete).

III

Zu Beginn des folgenden Sommers war Marie nach Elba gefahren. Ihr Vater war ein Jahr zuvor gestorben, und seit dem letzten Sommer hatte sich nichts im Haus auf Elba getan, ein Jahr lang war sie nicht mehr dort gewesen, und die Fensterläden waren seit ihrer Abreise ständig geschlossen geblieben. Marie hatte ein im Stich gelassenes Haus vorgefunden, dunkel und still, in dem die Luft stickig war und nach Staub und feuchtem Holz roch. Sie hatte schmerzhafte Entscheidungen treffen müssen, musste Schlafzimmer und Arbeitszimmer des Vaters ausräumen. Beim Ordnen der Papiere war sie auf Fotografien gestoßen, hatte gerührt alte Briefe, Dokumente und Arbeitsnotizen angeschaut, hatte die Schränke geleert, ihr Gesicht in die Wolle eines Pullovers vergraben, um für einen winzigen Augenblick den Geruch ihres Vaters wiederzufinden. Sie hatte es mit Entschlossenheit angepackt, ohne einmal weinen zu müssen, und wenn doch, dann waren es fast trockene Tränen gewesen, die sich mit Schimmel und Staub mischten. Ihre Augen waren gerötet und juckten, als hätte sie Asthma, und sie zog sachte die Nase hoch, ließ das leichte, salzig-transparente Wasser über ihre Wangen rinnen.

Marie hatte den Entschluss gefasst, in den ersten Stock, in das Schlafzimmer ihres Vaters zu ziehen. Sie öffnete die Fenster weit und ließ frische Luft herein, sie wischte mit viel Wasser den Holzboden, im schönen Licht eines Julimorgens, das sich auf dem nassen Boden des Schlafzimmers spiegelte. Sie machte das Bett, wählte ein Set alter Batistlaken aus, die sie liebte, rustikal und rau scheuerten sie auf der Haut, sie packte die Sachen ihres Vaters in Kisten und Koffer, die sie auf den Flur der Etage stellte. Aus Paris hatte sie Stoffe mitgebracht, um sie gegen die alten Vorhänge und den Bettüberwurf des Vaters auszutauschen, ein ganzes Sortiment in Blau und Grün, den Farben von Rivercina, Türkis und Pastell, Azur und Hellgrün, Ultramarin, Olivgrün, als mögliche Kombinationen des apokryphen Wappens des Hauses Montalte auf Elba (mit der Eidechse als Wappentier, ihr Vater kam eines Tages auf diese Idee, als er sich auf der Terrasse faulenzend zusammen mit Eidechsen von der Sonne bescheinen ließ). Marie stieg auf einen Stuhl und hängte die Vorhänge an große Holzringe der Vorhangstange, und von der ersten Nacht an schlief sie im Schlafzimmer ihres Vaters.

Am nächsten Morgen war Marie früh aufgewacht, in einem blassblauen Licht, das durch die Vorhänge drang. Es war gerade erst hell geworden, als sie barfuß ins Erdgeschoss hinunterging. Sie spazierte durch das schlafende Haus und trat in das schwache Licht des Morgengrauens auf die Terrasse, barfuß, unter ihrem weiten weißen T-Shirt nackt. Die Morgenluft war kühl, sie spürte, wie die Luft ihr Gesicht und ihre Schenkel belebte. Sie ging um das Haus herum zu dem kleinen Garten, den sie aus Zeitgründen noch nicht hatte besichtigen können. Es war der kleine Garten ihres Vaters, den Eingang schützte eine verrostete blaue Gittertür, die quietschte, als sie sie aufstieß. Der Garten war noch in ein sanftes graues Licht getaucht, Brombeergestrüpp und verschlungene Lianen überwucherten wie wildwachsende Tarnung die Vegetation. Zwei alte Holzliegestühle lehnten zusammengeklappt an der Hauswand, immergrünes Geißblatt kletterte an der Fassade hoch und klammerte sich in die Risse des unebenen Gesteins. In den Tontöpfen, in denen ihr Vater Kräuter angepflanzt hatte, Thymian, Salbei, Rosmarin, war nur noch verkrustete, gräuliche, völlig ausgetrocknete und aufgesprungene Erde, ein Basilikumpflänzchen war den Töpfen entkommen, hatte in der Erde des Gartens überlebt, zwischen Brombeeren und kräftigen, jungen Palmentrieben, die hier und da in den Ecken des Gartens ihre grünen und dicht gewachsenen Blätter aufschießen ließen. Von den Tomaten ihres Vaters war nichts mehr zu sehen – die letzten Tomaten ihres Vaters, die sie im vergangenen Jahr, voller Tränen allein in der Küche sitzend, gegessen hatte –, nur ein paar einsame, verbogene Stangen standen in unregelmäßiger Linie Spalier. Marie näherte sich dem Mauerwerk, kniete sich mit einem Bein auf den Boden und entdeckte um ein Schilfrohr gewickelt ein kleines Stück durchgescheuerte, ausgebleichte Schnur, die ihr Vater benutzt hatte, um die Tomatenpflanzen hochzubinden. Sie löste vorsichtig den Knoten, der die Schnur an der Stange hielt, betrachtete es längere Zeit und band das Stück dann um ihr Handgelenk.

Nachdem sie sich gewaschen hatte, bereitete Marie sich einen Tee, den sie auf der Terrasse im Stehen aus einer großen Schale trank, danach ging sie auf der Suche nach Werkzeugen in den Schuppen. In dem Durcheinander, das in den Regalen des Abstellraums herrschte, fand sie, was sie brauchte, nahm eine Schubkarre und kehrte mit Hacke und Rechen und einer Gartenschere, die wie ein Kamm in der hinteren Hosentasche steckte, in den Garten zurück. Im Garten machte sie sich an die Arbeit, durchtrennte die Lianen, stutzte mit der Schere die Brombeerhecken. Sie trug einen alten Strohhut ihres Vaters, Jeans, ein weißes Hemd und ziemlich kitschige, mit einer Plastikmargerite verzierte Sandalen, die an der Kommissur der großen Zehe erblühte. Dort, wo ihr Vater die Tomaten angepflanzt hatte, säuberte sie die Erde, riss mit der Hand das Unkraut heraus und entfernte die wilden Disteln. Auf Zehenspitzen stehend, schnitt sie Lianen aus dem Geißblatt, darauf achtend, dass dessen Ranken, die sie vorsichtig von der Fassade gelöst hatte, um sie auf dem Spalier weiterwachsen zu lassen, nicht zerstört wurden. Dann, langsam an der Umzäunung entlangschreitend, goss sie den Garten, wobei sie den gelben, aufgerollten Schlauch nachdenklich hinter sich herzog, der ihr nachkroch wie eine artige, gezähmte Schlange.

Die Pferdekoppel unterhalb des Anwesens stand seit dem vergangenen Sommer leer. Marie durchquerte das alte Gatter und stieg hinunter auf das terrassierte Gelände, das früher einmal bewirtschaftet worden war, nun aber verwahrlost dalag, welliger, unebener und steiniger Boden, ein paar Grasbüschel wucherten hier und dort zwischen zusammengefallenen Mauerresten. Nach etwa hundert Metern blieb sie stehen, unter ihr lag das Meer, blau, glatt, unbeweglich, eine kaum wahrnehmbare Dünung kräuselte manchmal die Oberfläche und ließ sie erzittern. Am Horizont verband sich der Himmel mit dem Meer, die beiden Blaus schmolzen ineinander, das tiefe Blau des Meers mit dem blasseren des leicht dunstigen Himmels. Kein Geräusch war um sie herum zu hören, nur die Stille der Natur, ein fernes Zwitschern von Vögeln, der Flug eines Schmetterlings, eine schwache Brise bog träge das hohe Gras auf dem Anwesen.

Marie verbrachte den Sommer allein auf Rivercina. Wenn sie am späten Nachmittag vom Strand zurückkam, wusch sie sich im kleinen Garten die Haare, stand im Badeanzug an den Zaun gelehnt mit bloßen Füßen auf der Erde oder auf einem blauen Gitterrost, die Haare eingehüllt in weißen, nach Vanille riechenden Schaum, den sie mit den Fingerspitzen unter dem lauwarmen Wasser des Gartenschlauchs auswusch. Sie beugte sich hinunter, um den Wasserhahn abzudrehen, und wickelte die Haare, nachdem sie sie ein letztes Mal mit zu Boden gesenktem Nacken gründlich hatte abtropfen lassen, in ein großes weißes Handtuch. Sie ging zum Haus zurück, ließ ihre Sandalen, in die sie nur nachlässig geschlüpft war, über die unregelmäßigen Bodenplatten der Terrasse schleifen. Sie streifte nacheinander die Träger ihres Badeanzugs von den Schultern, ließ den Anzug über die Hüften hinabgleiten und ihn da, auf dem Boden der Küche, achtlos liegen, stieg nackt die Treppen hoch, mit ihrem weißen Turban und ihren Sandalen an den Füßen, ihren Margeriten zwischen den Zehen, auf dem Körper kleine glänzende Wasserperlen, die in der Sonne glänzten und nach und nach von ihr abtropften.

Bevor Marie im letzten Jahr Rivercina verließ, hatte sie die Pferde ihres Vaters in die Obhut des Reitclubs von La Guardia gegeben. Schon zu Lebzeiten ihres Vaters hatte sich Peppino, der Verantwortliche des Clubs, um deren medizinische Betreuung gekümmert und war ein- oder zweimal im Monat nach Rivercina gekommen, um sich die Pferde anzusehen, ihr Fell zu prüfen und ihr Gebiss zu untersuchen. Der alte Maurizio hatte immer nur dafür gesorgt, dass die Pferde genug zu trinken hatten, und Maries Vater hatte zuweilen die Normalkost aufgebessert, indem er den Pferden Heu oder einen Eimer Hafer zusätzlich brachte. Mit seinem Eimer kam er dann zu den Pferden in die Koppel und begrüßte sie schon von weitem freudig (*ciao ragazzi*, rief er ihnen zu und klatschte ihnen mit der flachen Hand auf den Hals, was die Pferde mit Schnauben und Schütteln der Köpfe quittierten und ganze Mückenschwärme aus ihrer Mähne aufscheuchte).

Zu Nocciola, einer Stute mit sanften Augen, hatte Marie eine besondere Zuneigung gefasst. Sie war sie im letzten Jahr am Tag der Beerdigung ihres Vaters zum ersten Mal geritten, als sie zu Pferd den Leichenwagen über die Straßen Elbas bis zum Friedhof begleitet hatte. Anfang Juli dieses Jahres hatte sie Nocciola im Reitclub wiedergesehen und Lust bekommen, sie zu reiten. Sie ritt sie im Schritt, drehte unter der nachlässigen Aufsicht der Tochter Peppinos auf der Reitbahn langsam ihre Runden, während die mürrische Heranwachsende rittlings auf dem Gatter saß, sich ein *telefonino* ans Ohr hielt und mit schleppender Stimme telefonierte, dabei das Gesagte immer wieder mit einer kurzen Salve beredter Gesten ihrer umgedrehten Hand unterstrich. Der Reitclub bestand aus einer Reihe kleiner Steinhäuser, die an einer Lichtung gelegen war, zu der ein staubiger Feldweg führte, mit einem Gebäude für das Büro, einem Schuppen, in dem Sättel und Zaumzeug untergebracht waren, und Pferdeställen, einfachen Hütten aus Holzgebälk mit Dächern aus Blech, verstärkt mit genagelten Brettern, in denen die Pferde die Nacht verbrachten. In den einzelnen Boxen konnte man dunkle Mähnen erkennen, die sich im Innern bewegten, während die Beine unbeweglich unter den Lattenzauntüren zu sehen waren, als wenn oben und unten nicht zum selben Tier gehörten. Die Reitbahn war nach vorne hin mit einem kleinen weißen Holzzaun geschlossen, auf der anderen Seite, zur Macchia hin, dagegen völlig offen. Saß man auf dem Pferd, konnte man den Blick über wilde Olivenbäume hinweg weit in die Natur schweifen lassen, bis zum kahlen Gipfel des Hügels, auf dem Wind und häufige Waldbrände die Vegetation weggefressen hatten. Schon bald brauchte Marie niemanden mehr, der ihr half, Nocciola zu reiten, sie sattelte die Stute selbst, wenn sie im Club ankam, und führte sie am Zaumzeug zur Reitbahn, stieg dort allein in den Sattel und drehte im Schritt ihre Runden, schlug dann entschlossen auf die Flanke der Stute und ließ sie in Trab fallen, dann, nach Ablauf einer Woche, in den Galopp.

Eines Tages, der August neigte sich seinem Ende zu, ließ Marie die alten Kleider liegen, die sie sonst immer beim Reiten oder bei der Gartenarbeit trug, und zog sich mit aller Sorgfalt an, schminkte sich vor dem Spiegel. Bevor sie das Schlafzimmer verließ, trug sie noch einen letzten Strich Lippenstift auf, dann tupfte sie die Lippen mit einem weichen Stück Papier von einer Klorolle vorsichtig ab und ließ es mit einem Abdruck ihrer Lippen auf dem Marmor der Kommode zurück – das stumme Relikt eines roten Kusses. Sie nahm den alten Lieferwagen ihres Vaters und fuhr gemächlich aus dem Anwesen hinaus auf die gewundenen Straßen Elbas. Das Meer lag blau und still unter ihr, heiße Luft wehte durch die offenen Fenster ins Wageninnere. Neben ihr auf dem Beifahrersitz lag ein Strauß wilder Blumen, den sie am Vorabend in der Küche zusammengesteckt hatte, mit der ihr angeborenen Raffinesse, die sie immer unter Beweis stellte, wenn es darum ging, Farben und Stoffe zu kombinieren, ohne das Ungewöhnliche zu erzwingen oder die Kreation zu suchen, eine einzige schlichte, sichere, natürliche Geste genügte, um in einer Vase das Selbstverständliche mit dem Unmöglichen zu vereinen, drei Fenchelstängel, die sie am Straßenrand gepflückt hatte, mit zwei frisch von einem Baum im Garten geschnittenen Eukalyptuszweigen, kombiniert mit einer purpurroten Bougainvillearebe, die sie von der Terrasse einer Villa am Strand mitgenommen hatte.

Kurz bevor sie Portoferraio erreichte, bog Marie in eine kleine Straße ab, die sich kurvenreich bis zu dem Friedhof emporschlängelte, auf dem ihr Vater begraben lag. Dort angekommen, blieb sie eine Weile unbeweglich und in stiller Andacht vor seinem Grab stehen. Sie legte den Strauß wilder Blumen auf das Grab ihres Vaters und verließ den Friedhof, ohne sich noch einmal umzudrehen, stieg wieder in den Wagen und fuhr weiter Richtung Portoferraio. In der Stadt angekommen, lenkte sie den Wagen zum Hafen, die Augen im Vagen, schaute sie angestrengt durch die verklebte Windschutzscheibe, durch eine dicke Schicht von Staub und Harz, das von den Pinien stammte, unter denen der alte Laster den Winter verbracht hatte. Langsam fuhr Marie längs der Hafenanlagen und stellte den Wagen vor den Büros der Hafenmeisterei ab. Sie stieg aus und verließ zu Fuß wieder das Hafengelände, um am Tresen eines der vielen geöffneten Cafés am Platz, von denen aus man die Anlegestellen überblicken konnte, einen Espresso zu trinken. Sie trank ruhig ihren Kaffee, es war fast Mittag, sie sah wunderschön aus, sie trug eine weiße Hose und eine ausgewaschene blassviolette Bluse und beobachtete das Kommen und Gehen der Schiffe im Hafen. Nach etwa zwanzig Minuten fuhr die Fähre aus Piombino im Hafen ein, und da war ich, an Deck des Schiffes.

Es war das erste Mal seit letztem Sommer, dass ich wieder nach Elba kam, ziemlich genau ein Jahr nach dem Tod von Maries Vater. Ich hatte dieselbe Fähre der Reederei Toremar genommen wie im vergangenen Jahr, als ich aus China gekommen war, um der Beerdigung ihres Vaters beizuwohnen. Kaum hatte das Schiff abgelegt, verkroch ich mich in einen der festen Sitze mit Armlehnen aus Metall in einem der geschützten Salons auf dem Zwischendeck und ließ dort im schwülheißen Schatten meine Gedanken schweifen. Ich war schließlich eingenickt und dämmerte, gewiegt durch das ständige Brummen des Schiffsmotors, vor mich hin, als die Ereignisse der Nacht des Todes von Jean-Christophe de G. in meinem Bewusstsein auftauchten, ohne dass ich sie mittels vorsätzlicher Anstrengung meines Gedächtnisses wieder heraufbeschworen hätte. Nein, nur bruchstückhaft erlebte ich sie in meinem Dämmerschlaf, in meinem Geist tauchten einige Mutmaßungen auf – Hypothesen und

Bilder –, wobei gleich verschiedene Bereiche meines Gehirns in Anspruch genommen wurden, je nachdem, ob ich mittels Überlegung Hypothesen entwickelte oder träumerisch Bilder heraufbeschwor. Zu den wenigen unbestreitbaren und überprüfbaren Tatsachen dieser Nacht fügte ich rein Erfundenes hinzu, das ich freizügig in meine Träume einbaute, ich kombinierte so in meinem Halbschlaf erfundene Fakten mit realen Orten, versetzte mich in Gedanken in das Appartement der Rue de La Vrillière, in dem ich mehr als fünf Jahre mit Marie gelebt hatte, ging dort von Zimmer zu Zimmer, öffnete das Schlafzimmerfenster und entdeckte die Hausfassade der Banque de France gegenüber, die im gelben Licht der Pariser Straßenlaternen erstrahlte, wo ich mich doch jetzt, in diesem Moment, im Sessel eines Schiffes befand, das zwischen dem italienischen Festland und der Küste Elbas geräuschlos über ölglattes Meer fuhr.

Natürlich wusste ich, dass es zweifellos eine objektive Realität der Fakten gab – also das, was wirklich in dieser einen Nacht im Appartement der Rue de La Vrillière geschehen war –, dass aber genau diese Realität mir immer fremd bleiben würde, ich diese Realität immer nur umkreisen, sie von verschiedenen Seiten her betrachten, sie einkreisen könnte, um sie dann nochmals zu attackieren, sie mir aber verschlossen bliebe, als ob das, was in jener Nacht wirklich passiert war, mir wesentlich unerreichbar wäre, außerhalb der Reichweite meiner Vorstellungskraft und auch durch Sprache nicht erschließbar. Natürlich könnte ich, und das mit der Präzision eines Traums, diese Nacht in Bildern meiner Vorstellung wieder erschaffen, natürlich könnte ich diese Nacht mit der teuflischen Kraft von Worten heraufbeschwören, doch war mir bewusst, dass ich niemals in Besitz dessen kommen könnte, was für einige Augenblicke das Leben selbst gewesen war, bis mir plötzlich der Gedanke kam, dass ich vielleicht eine völlig neue Wahrheit gewinnen könnte, eine, die sich von dem, was das Leben wirklich war, nur inspirieren ließe, sie aber, ohne sich um Wahrscheinlichkeit oder Wahrheitsgehalt zu kümmern, transzendieren würde, und die nur auf die Quintessenz der Wirklichkeit zielte, auf ihr empfindliches, lebendiges, sinnliches Mark, eine Wahrheit nahe der Erfindung, einen Zwilling der Lüge, die ideale Wahrheit.

Gegen Ende der Überfahrt, als die Fähre sich bereits der Küste von Elba näherte, begannen meine Gedanken abzuschweifen, und ich dachte an eine andere Nacht, von der mir Marie erzählt hatte, die Nacht ihrer Rückreise aus Japan. Ich war physisch nicht bei ihr gewesen in dieser Nacht, sah aber hinter meinen geschlossenen Augen die Ereignisse sich auf dieselbe Art abspielen, mit allen Hauptakteuren, die sich namen- und gesichtslos in meinem Bewusstsein materialisierten und Gestalt gewannen und doch weder Erfindungen noch Chimären waren, sondern wirkliche Personen, die in Wirklichkeit das erlebt haben mussten, was ich sie in meiner Vorstellung erleben sah. Eingelullt von dem hypnotisierenden Geräusch der Schiffsmotoren, sah ich sie in meiner Vorstellung, wie sich diese Figuren in aller Stille vor mir bildeten, und auch wenn ich bei diesen Szenen, die sich hinter meinen geschlossenen Augen abspielten, selbst nicht dabei war, auch nicht deren Adressat gewesen war, auch wenn ich zwischen den andern Figuren nicht leibhaft auftauchte, wusste ich mich doch auf das Intimste anwesend, und nicht nur, weil ich die einzige Quelle der Anrufung darstellte, die gerade im Gange war, sondern weil ich im Innersten jeder dieser Personen lebte, mit jeder mich intimste Bande verknüpften, verborgene Verbindungen, privat, geheim, uneingestehbar – weil ich genau so sehr ich selbst war, wie ich jeder von ihnen war.

Die nur lückenhafte Kenntnis, die ich über die Todesnacht von Jean-Christophe de G. hatte, die zahlreichen dunklen Stellen, was die tatsächlichen Ereignisse dieser Nacht betrifft, waren mir in keiner Weise von Nachteil. Im Gegenteil, sie verpflichteten mich zu einer umso größeren erfinderischen Anstrengung, um die Ereignisse geistig wiederzuerschaffen, während ich im anderen Fall, also, hätte ich sie wirklich erlebt, mich nur einfach an sie erinnert hätte. Ich war in dieser Nacht nicht dabei gewesen, aber meine Gedanken waren bei Marie, und zwar mit derselben emotionellen Intensität, als wenn ich zugegen gewesen wäre, wie bei einer Aufführung, die ohne mich stattfindet, bei der ich selbst abwesend, alle meine Sinne aber anwesend sind, wie in den Träumen, in denen jede der auftauchenden Personen immer nur eine Emanation von einem selbst ist, neu erschaffen durch das Prisma unserer Subjektivität, geprägt von unserer Sensibilität, unserer Intelligenz und unseren Phantasien. Auch wenn ich nicht schlief, war es das unauflösbare Mysterium des Traums, das in mir wirkte und spielte, ein Mysterium, das dem Bewusstsein ermöglicht, so unglaublich deutliche Bilder zu erschaffen, die sich zu einer Abfolge augenscheinlich zufälliger Sequenzen fügen, mit schwindelerregenden Ellipsen, Orten, die sich in nichts auflösen, und Personen aus unserem Leben, die miteinander verschmelzen, sich überlagern und verwandeln, und die trotz dieser radikalen Inkohärenz in uns mit einer brennenden Intensität, Erinnerungen, Wünsche und Ängste aufleben lassen, um deutlicher noch als im Leben selbst Schrecken und Liebe zu erzeugen. Weil es in den Träumen nie eine dritte Person gibt, es dort immer nur um einen selbst geht, ähnlich wie in der apokryphen Kurzgeschichte von Borges, *Die Insel der Anamorphosen,* in der ein Schriftsteller die dritte Person in der Literatur erfindet, schließlich aber, nach langem, einzelgängerischem Siechtum, deprimiert und geschlagen auf diese Erfindung verzichtet und wieder in der ersten Person zu schreiben beginnt.

Nachdem die Fähre in Elba angelegt hatte, war ich unter den Ersten, die das Schiff verließen. Marie erwartete mich am Kai, sie sah zu mir herüber, als ich die Landungsbrücke hinunterstieg, sie hatte etwas Schönes, Aufmerksames in ihrem verschleierten Blick. Sofort, von der Sekunde an, in der wir uns wiedersahen, war die Liebe wieder da, vom ersten Blick an, auch wenn ich meine Arme und Hände, die sich wie magnetisch zu ihr hingezogen fühlten, unter Kontrolle hielt und mir nichts anmerken ließ, außer einem kurzen verräterischen Blick, der meinen Augen entwischte. Bei der Begrüßung beschränkte ich mich darauf, sie an der Schulter zu berühren, schweigend, ich wusste nicht, was ich sagen sollte, strich nur sanft mit der Hand über ihren nackten Arm, die erste vorsichtige Berührung seit zwei Monaten. Es war Maries Idee gewesen, sie auf Elba zu besuchen, aber das hieß noch lange nicht, dass sich auch nur das Geringste in unserer Beziehung verändert hätte – wir waren immer noch getrennt, auch wenn unsere Beziehung durch den Lauf der Dinge eine ganz neue, vielschichtige Bedeutung bekommen hatte.

So seltsam es auch klingen mag, ich gefiel Marie, ich hatte ihr immer gefallen. Ich hatte natürlich schon früher bemerkt, dass ich gefiel, vielleicht nicht den Frauen im Allgemeinen, aber jeder Frau im Einzelnen, denn jede glaubte, die Einzige zu sein, die durch den nur ihr gegebenen einzigartigen Scharfsinn, durch den alles durchdringenden Blick und ihre weibliche Intuition in mir verborgene Qualitäten ausmachen konnte, und sie hielten es sich dann zugute, die Einzige zu sein, die von dieser Entdeckung wusste. War doch eine jede von ihnen davon überzeugt, dass meine verborgenen, nur von ihnen aufgedeckten Qualitäten jeder anderen, außer ihr selbst, entgangen sein mussten, wo es doch in Wirklichkeit viele waren, die meine geheimen Qualitäten schätzten und meinem Charme erlagen. Aber es stimmt schon, meine verborgenen Qualitäten sprangen nicht jedem gleich ins Auge, denn aufgrund der feinen Nuancen und Subtilitäten konnte mein Charme auch glanzlos wirken und mein Humor schal, grenzt übermäßige Finesse am Ende doch an Fadheit.

Auf der Fahrt nach Rivercina wurde mir im Wagen sofort schlecht, und als die Kurven anfingen, wurde mir speiübel. Marie musste an einer Landspitze anhalten, und ich stürzte aus dem Wagen, um mich zu übergeben (ah, was war ich doch für ein Verführer, ich musste ihr gefehlt haben). Die Hände auf die Knie gestützt und die Stirn schweißbedeckt, schüttelten mich Krämpfe, doch vergeblich, es kam nichts raus außer langen elastischen Speichelfäden, die zwischen meinen Füßen auf den Schotter tropften. Marie hatte sich ein paar Schritte entfernt und pflückte Blumen am Straßenrand, war dann in die Macchia hinuntergestiegen und sammelte unbekümmert auf dem steilen Hang einen Blumenstrauß, knabberte nebenher an einem Fenchelstängel, den sie zwischen den Lippen hatte. Ich beobachtete sie und stellte mir neidvoll den frischen Geschmack vor, den der Fenchel auf ihrer Zunge haben dürfte. Als sie zu mir zurückkam, deutete ich mit der gewinnenden Schüchternheit, die mein Wesen auszeichnet, ein flüchtiges Lächeln an, um meinen Zustand zu entschuldigen.

Als ihr Vater noch lebte, hatten Marie und ich in Rivercina gemeinsam im Erdgeschoss des Hauses geschlafen, und ich stellte mir die Frage, welches Zimmer Marie jetzt für mich vorgesehen hatte. Sie schritt mir voran in die dunklen Räume des Erdgeschosses, und ich folgte ihr schweigend, wir kamen am Arbeitszimmer ihres Vaters vorbei, das vollständig leergeräumt war, die Fensterläden waren geschlossen, im Vorbeigehen registrierte ich im Halbdunkel flüchtig den Haufen aufeinandergestapelter Kisten. Wie selbstverständlich geleitete sie mich dann zu ihrem Schlafzimmer, und ich war erleichtert, feststellen zu können, dass sie mir immer noch vorschlug, bei ihr im Erdgeschoss zu schlafen. Als ich das Zimmer dann aber betrat, beschlich mich eine ungute Ahnung. Denn es herrschte so gar keine Unordnung in diesem Raum, es lagen keine Handtücher oder nassen Badeanzüge zusammengeknüllt auf dem Boden, es gab keine offenen Schubladen, kein noch in der Steckdose steckender Föhn lag herum. Nein, dieses Zimmer war in perfekter Ordnung, die Vorhänge waren geöffnet und sorgfältig zu beiden Seiten des Fensters zurückgebunden, ein Stapel mit Handtüchern war wie in einem Gästezimmer auf einem Stuhl bereitgelegt. Ich stellte meine Reisetasche auf einen Stuhl und begriff langsam, dass Marie nicht in diesem Zimmer schlafen würde, dass sie sich oben, im Schlafzimmer ihres Vaters, eingerichtet hatte.

Am späten Nachmittag machte Marie mir den Vorschlag, schwimmen zu gehen. Wir gingen zu einer kleinen verlassenen Bucht, die sich in der Stille des Nachmittags weit erstreckte, eine reglose Stille aus sanft plätschernden Wellen und Insektengesumm. Marie spazierte in ihrem Badeanzug am Ufer entlang, sie hob einen Stein auf und kniete sich nieder, klopfte Arapeden von den Felsen und steckte sie sich in den Mund, während sie weiter am Wasser spazierte, saugte sie sie aus und warf sie dann mit einer lässigen, runden Armbewegung fort ins Meer. Sie sammelte Strandschnecken in den Klippenspalten und stapelte sie in kleinen Haufen in der Hand. Sie setzte nachdenklich ihren Weg fort, kauerte sich vor einem halb mit Schaum überfluteten, mit grünlichen Flechten und kompakten Verbünden gezackter Seepocken überzogenen Felsen nieder und versuchte, mit gekrümmten Fingern und ihrem Stein, winzig kleine, mit Fädchen besetzte Miesmuscheln abzulösen. Sie kam zu mir zurück und legte mir ihre Beute zu Füßen, sie öffnete ihre Hände, und wie ein kleiner Wasserfall glitten die nassen, gegeneinanderschlagenden Schalentiere langsam auf meine Füße (ich versuchte vergeblich, ihnen auszuweichen, klimperte schnell mit den Zehen im Leeren). Sie beugte sich kurz über meinen Körper, um sich ein T-Shirt und ihre Sandalen zu greifen, und begann dann, ein provisorisches Becken zu bauen, damit sich die Schalentiere nicht davonmachen konnten, ein Naturschutzgebiet, ein Teich voller heteroklyter *Vongole*, die Zutaten für unsere Spaghetti.

Marie war zum Meer zurückgegangen. Sie stand aufrecht, die Füße im Wasser und die Hände auf den Hüften, und beobachtete träumerisch eine Seeanemone, die molluskenartig zwischen ihren Füßen dicht an der Oberfläche im Wasser schwebte, ihre gespreizten Tentakel schaukelten in der Brandung wie langes, schwimmendes, durchsichtiges Haar. Dann ging sie entschlossen weiter ins Meer hinein, mit ausgebreiteten Armen, sich größer machend, damit die Welle nicht an die Achsel reichte, und stieß kurze, stoßartige, immer lauter werdende Protestschreie aus, um mir mitzuteilen, welcher Unterschied zwischen der Temperatur ihres Körpers und der des Meeres herrschte, bevor sie sich voller Vergnügen rückwärts ins Wasser fallen ließ und sich die Haare nass machte. Sie planschte so noch einige Augenblicke herum und bat mich dann, ihr ihre Taucherbrille zu bringen. Ich brachte ihr die Brille, und sie begann, sie vor mir auszuspülen, hineinzuspucken und die Scheibe zu säubern. Sie setzte die Brille auf und hielt dann probeweise den Kopf ins Wasser, warf einen Blick ins Meer hinein. Wie viele Seeigel es hier gibt, rief sie mir mit einer sonnigen, ein wenig nasalen, durch die Brille gepressten Stimme zu und schwamm fort von mir, hinaus ins offene Meer, ließ sich plötzlich senkrecht nach vorn ins Wasser kippen, noch einen kurzen Moment paddelten ihre Beine anarchisch in der Luft, dann war sie ganz im Wasser verschwunden. Sie war weg, abgetaucht auf den Meeresgrund, nur ein paar geräuschlose, an die Wasseroberfläche sprudelnde Luftblasen verrieten noch ihre umtriebige submarine Präsenz an diesem Ort. Da sie über keine Hilfsmittel verfügte, kein kleines Messer, keine Gabel, dauerte es eine ganze Weile, bis sie wieder zum Vorschein kam, mit einem Ruck, mit schief hängender Taucherbrille und außer Atem tauchte sie auf und suchte nach mir, blies kraftvoll einen Schwall Wasser aus ihrem Schnorchel, ein senkrechter Strahl, wie von einem Wal, in den Händen hielt sie drei tropfende, schöne blasslila Seeigel, deren Stachel sich noch bewegten und die mit winzigen mineralischen oder pflanzlichen Partikeln bedeckt waren, Reste von Algen oder kleinen Steinchen, Splitter von farbigen Kieseln, Absplitterungen von Muschelgehäusen. Sie hatte wieder Boden unter den Füßen und kämpfte sich mit schwingenden Hüften durchs Wasser ans Ufer. Sie suchte sich zwischen den Felsen einen großen Stein und klopfte die Seeigel auf, öffnete mit groben Schlägen ihre Schalen, einen nach dem anderen, streckte den Arm ins Meer und schwang energisch die Stachelhäuter unter Wasser hin und her, um Überflüssiges auszuwaschen. Mit dem Fingernagel pulte sie dann ein orangerotes Stückchen aus dem Seeigel und führte es mit einer eleganten, spiralenförmigen Bewegung des Zeigefingers an ihren Mund, sie kostete daran, erst nur sie, aber als ich aus dem Wasser noch nass zu ihr herüberkam, bot sie mir an, zu probieren, steckte mir zärtlich zwei oder drei Häppchen ins Schnäbelchen (und ich genoss ebenso sehr ihren nassen Finger wie die frischen und köstlichen Seeigelstückchen, die wie Butter in meinem Mund zergingen).

Wir waren schwimmen gegangen, silberne Sonnensplitter tanzten jedes Mal vor uns auf der Oberfläche des Wassers, wenn wir die Arme beiseiteschoben: Marie kraulte immer wieder von mir weg in die offene See hinaus, mit schönen, langsamen, regelmäßigen, abgezirkelten Schwimmbewegungen, einen Arm nach oben in den Himmel gestreckt, ein kurzes Innehalten, dann den Arm ins Meer getaucht, und kam dann zu mir zurückgeschwommen, blieb eine Weile an meiner Seite, wie schwerelos auf dem Rücken im Wasser treibend. Marie war nicht zu fassen, sie näherte sich mir und entfernte sich wieder von mir, sie lachte mich an und sie verschwand unter Wasser. Manchmal streiften sich unsere Beine, berührten sich sachte im Meer, ich habe ihre Schulter gestreichelt, als ich ihr zärtlich ein paar Algen entfernte, die in ihrem Haar klebten. Nichts war erklärt, nichts wurde ausgesprochen, aber mehr als einmal haben sich unsere Finger berührt, sich im Wasser unsere Blicke gekreuzt und umschlungen. Ich spürte deutlich, wie eine uralte Komplizenschaft zwischen uns beiden zu neuem Leben zu erwachen begann, und mich ergriff eine Mischung aus Rührung und Zaghaftigkeit. Ich spürte das Verlangen, sie in meine Arme zu nehmen und mich ihr hier im Meer hinzugeben, meinen Körper im warmen Wasser an den ihren zu drücken. Sie kam wieder zu mir hergeschwommen, die Taucherbrille auf der Stirn, die Wangen nass, sie schien glücklich, strahlte vor Freude, lächelte mir verschmitzt zu, so, als würde sie mir gleich irgendeinen dummen Streich spielen, und da erst sah ich, dass sie ihren Badeanzug zusammengeknüllt in ihrer rechten Hand hielt.

Marie hatte ihren Badeanzug ausgezogen und schwamm nackt neben mir im Meer, mit weit geöffneten Augen folgte ich der fluktuierenden Linie ihrer Nacktheit, die je nach Wasserstand changierte, eben noch sehr streng und züchtig hochgeschlossen bis zum Hals, dann bis unter den Bauchnabel sichtbar, wenn sie so aufreizend und freizügig wie schwerelos auf dem Rücken schwamm und ihr nasser Bauch und die nassen Schamhaare und ihre Brustspitzen aus der sachten Brandung des auf ihrem Körper stehenden Wassers auftauchten. Ich ließ die Augen nicht von ihr, begleitete mit Blicken ihren Badeanzug, der zu ihrer Standarte geworden war, zur Piratenflagge ihrer Nacktheit im Meer. Wir hatten angehalten und unsere Gesichter einander zugewandt, wir lächelten uns an, ich betrachtete Marie vor mir, nackt und mit Taucherbrille. Ich näherte mich ihr langsam und fasste sie leicht an der Schulter, sie ließ es geschehen, in ihren Blick trat jetzt etwas Bedeutungsschweres, und gerade als ich spürte, dass sie bereit war, sich meiner Umarmung hinzugeben, bemerkte sie plötzlich ein perlmutternes Schimmern am Meeresgrund – eine Abalone! –, und schon schlängelte sie sich wie ein Aal an meiner nassen Haut entlang, entwich meinen Armen und tauchte unter, stieß senkrecht hinab zu der flüchtig gesehenen Spiegelung, nicht ohne mir bei ihrem Verschwinden das ausdrucksstärkste *Noli me tangere,* das man sich vorstellen kann, zu präsentieren: die Kurve ihres Hinterteils, wie es sich ins Meer bohrte.

Marie ließ sich neben mir auf den Felsen nieder. Tröpfchen übersäten ihren nackten Körper, den die Sonne nach und nach trocknete, auf ihrer Haut blieben mit bloßem Auge kaum wahrnehmbare Spuren von Salz zurück, und ich stellte mir den köstlichen Geschmack vor, den das auf der Spitze meiner Zunge hinterlassen würde. Nach einem Moment des Nachdenkens streckte sie mir mit geschlossenen Augen zärtlich ihre Hand ins Leere entgegen und sagte mit leiser Stimme diesen rätselhaften Satz: Du musst wissen, ich war nicht seine Geliebte ..., der Satz hallte einen Augenblick durch die Stille der Bucht. Sie sagte nicht, wessen Geliebte sie nicht war, aber ich hatte sehr wohl verstanden und war ihr dankbar, dass sie den Namen nicht genannt hatte (ich selbst tat übrigens so, als würde ich mich nicht so genau an seinen Namen erinnern). Marie hatte sich nicht bewegt, lag immer noch auf dem Rücken, mit geschlossenen Augen und angezogenem Knie, die Hand flach auf dem Felsen. In der Bucht war wieder Stille eingekehrt, kaum gestört durch das fast unhörbare Murmeln des Wassers, das weiter unten plätscherte. Was hatte sie mir sagen wollen, als sie mir sagte, dass sie nicht seine Geliebte gewesen sei? Dass sie keine sexuelle Beziehung mit ihm gehabt hatte? Was wenig wahrscheinlich war, wenn nicht unmöglich, selbst wenn man sich natürlich vorstellen könnte, dass ihre Beziehung nicht *stricto sensu* sexuell gewesen war, also im spitzfindigsten Sinne des Wortes, will sagen, wo keine sexuelle Penetration, da auch keine sexuelle Beziehung – diese Art der Rechtsprechung schließt ja Fellatio und Cunnilingus nicht ein (was heißt, Spaß haben, ohne gleich Geliebte zu werden) –, aber ich bezweifele, dass es das war, was sie mir sagen wollte. Nein. Marie schien es ernst zu sein, sie wirkte bewegt, und der Klang ihrer Stimme hatte etwas von der schmerzhaften Feierlichkeit eines Geständnisses oder eines Bekenntnisses. Ich blickte sie weiter an und fragte mich, warum sie das Bedürfnis verspürt hatte, mir heute zu sagen, dass sie nicht seine Geliebte war (was übrigens nicht hieß, dass sie *es nicht einmal gewesen war,* durch seine Vieldeutigkeit machte das Imperfekt, das sie verwandt hatte – statt des Plusquamperfekts –, diese kleine Lüge aus Unterlassung durchaus möglich). Vielleicht wollte sie mich bloß wissen lassen, dass sie keine richtige Beziehung zu ihm gehabt hatte, dass sie immer das Gefühl gehabt hatte, frei geblieben zu sein, und dass sie in keinem Fall als Geliebte eines verheirateten Mannes angesehen werden konnte, dass es in gewisser Weise das Wort »Geliebte« in seiner gesellschaftlichen Bedeutung als »Mätresse« war und weniger dessen private Realitäten, das sie zurückwies, indem sie leugnete, dass das Wort auf sie angewandt werden könne, da es die Wirklichkeit, mit der es sich deckte, nicht gegeben hatte. Ich weiß es nicht. Oder hatte sie mir nur sagen wollen, dass sie ihn in ihrem tiefsten Inneren nicht liebte, ihn nie geliebt hatte, dass er ihr sicherlich gefallen hatte, dass er ohne Zweifel im richtigen Moment gekommen war, dass sie seine Höflichkeit, seine Zuvorkommenheit, seine Galanterie und sein Durchsetzungsvermögen geschätzt hatte, dass das Leben mit ihm einfach gewesen war, Komfort und Sicherheit geboten hatte – aber dass es immer einen anderen gegeben habe, den sie liebte.

Marie und ich verbrachten eine Woche gemeinsam auf Rivercina, unsere Spiele der unsichtbaren Annäherungen vervielfältigten sich im Versuch, uns wiederzufinden, unsere Wege kreuzten sich im Vorübergehen im Erdgeschoss des Hauses, mit Badehandtüchern über den Schultern warfen wir uns verführerisch schimmernde Blicke zu, wir trafen uns in den Gärten des Besitzes, keinen Moment wichen wir weiter als notwendig von dem anderen, um schnell wieder zu ihm zurückfinden zu können. Im Laufe der Tage verringerte sich unerbittlich die Distanz zwischen unseren Körpern, wurde immer kleiner, nahm von Stunde zu Stunde ab, so als ob die Kluft eines Tages sich notwendig würde schließen müssen. Wir streiften uns sachte im Kerzenschein auf der Terrasse beim Abräumen des Tisches, und unsere Schatten wichen einander in der Nacht nicht aus, beharrten im Gegenteil, suchten die sanften und verborgenen Berührungen. Manchmal, am Abend in der Küche, während wir unser Abendessen zubereiteten und ich mit einem hölzernen Kochlöffel in der Hand die Tomatensauce überwachte, die auf dem alten Gasherd köchelte, tauchte Marie hinter meinem Rücken auf, und ich konnte die stille Woge ihres Körpers an meinem spüren, ihren nackten Arm, wie er mich sanft streifte, als sie die Sauce mit ein paar Salbeiblättern würzte, die sie in dem kleinen Garten gesammelt hatte, manchmal fuhren sogar ihre Finger über meine Wange und spielten mit meinem Dreitagebart, mich leise tadelnd, mich nicht rasiert zu haben. Ich nahm ihre Hand und zog sie von meiner Wange weg und überlegte, dass eben diese Geste des Die-Hand-Nehmens eine sehr unterschiedliche Bedeutung haben kann, je nachdem, ob man sie ohne viel Aufhebens und Geziere im normalen Alltag praktiziert oder ob man eine bestimmte Absicht, einen plötzlichen, tiefer gehenden Blick damit verbindet und die Geste dann ganz langsam ausführt, sie betont, um ihr eine besondere Wichtigkeit zu verleihen, so wie ich es getan habe an jenem Abend in der Küche, als ich von einem jähen Impuls ergriffen wurde und ihr, ohne mir vorher etwas dabei gedacht oder es geplant zu haben, ohne die geringste Ahnung, wohin es führen würde, die Hand entgegenstreckte und ihr dabei fest in die Augen blickte, die Hand und der Blick, beides für einen langen Augenblick in der Schwebe der Zeit. Sie trug ein weites weißes, noch nasses Hemd und hatte ihre alten, rührenden Sandalen an den Füßen, an denen eine der beiden Margeriten wie gerupft aussah, als hätte sie sich im Staub eines Feldweges aufgelöst oder wäre mit träumerisch-unsteter Hand zwischen Maries Zehen entblättert worden (er liebt mich, er liebt mich von Herzen, mit Schmerzen). Ein schwerer Schatten durchquerte den Blick Maries, sie wurde nachdenklich, kam zu mir und schlüpfte an meinen Körper, wir blieben einen Augenblick umschlungen in der Küche stehen, an den Herd gelehnt, gewiegt durch das delikate Geräusch, das die Tomatensauce von sich gab, die mit wallenden Blasen weiter auf dem Feuer köchelte.

Es war nur ein einfacher Augenblick spontaner Zärtlichkeit, aber ich begriff, dass wir seit unserer Trennung vielleicht nie so sehr vereint waren.

Nach dem Abendessen ging ich wieder in mein Schlafzimmer, ich öffnete das Fenster, um etwas von der kühlen Luft hereinzulassen, die selten genug die heißen Nächte Elbas durchzieht. Ich legte mich auf mein Bett und blieb im Dunkeln liegen, ich hatte kein Licht angemacht, um keine Mücken anzulocken. Seit meiner ersten Nacht, die ich in diesem Zimmer verbracht hatte, war mir die Anwesenheit Maries eine Etage über mir quälend bewusst, ich wusste, dass sie da war, genau über mir, und ich hörte, wie sie im Zimmer hin und her ging, und ich wusste, was sie tat, alles in Echtzeit, ich hörte das Knarren des Parketts unter ihren Schritten und wusste, dass sie gerade von ihrem Bett zu ihrem großen Eichenschrank ging, ich hörte das kaum wahrnehmbare Geräusch des Türflügels des Schranks, wenn sie ihn öffnete, und erriet, dass sie ein T-Shirt für die Nacht auswählte, und ich hätte auch dessen Farbe sagen können, den Geruch, die Textur. Manchmal entfernten sich die Schritte über mir auf dem Fußboden, dann hörte man laufendes Wasser aus dem Badezimmer, Wasserhähne, die beim Auf- und Zudrehen dem Leitungssystem des Hauses kreischend quälende Geräusche entlockten, dann kehrten die Schritte wieder zum Schlafzimmer zurück. Ich hörte, wie sich Marie ins Bett legte, und nach einem kurzen Moment, ich musste die Augen schließen, um mich besser konzentrieren zu können, hörte ich endlich, wie sie einschlief. Das hatte nichts Physikalisches oder Materielles, ich hörte nicht den winzigsten Seufzer, den sie manchmal im Schlaf von sich gab, ebenso wenig wie ich die heftigen Stürme der Laken hörte, die sie etwa um drei Uhr morgens entfachte, wenn sie mit aller Kraft an einem Ende des festhängenden Lakens zog, sich mit der Schulter darin einrollte und sich dann zur Seite drehte, aber ich nahm das Geplätscher ihrer Träume wahr, das durch ihren Geist strömte. Oder war es nicht doch mein eigener Geist, in dem jetzt die Träume Maries dahinflossen, so als wenn dadurch, dass ich an sie dachte, dass ich ihre Anwesenheit heraufbeschwor, dadurch, dass ich ihr Leben stellvertretend lebte, ich dazu gekommen war, mir nächtens vorzustellen, dass ich ihre Träume träumte.

Ich kannte die Stille in jedem Winkel des Hauses, sein nächtliches Knacksen, die abrupten Einsetzer des Kühlschranks in der Nacht, denen ein abgestufter, ermatteter Schluckauf folgte und die besänftigte Rückkehr zu einem regelmäßigen Schnurren in der dunklen Stille des schlafenden Hauses. Am Morgen erwachte ich mit dem ersten Licht, blieb aber noch im Bett liegen, um dem frühen Gezwitscher der Vögel zu lauschen, das so federleicht klang, dass ihre fließenden Modulationen mit der Stille ringsherum verschmolzen. Das Haus lag noch in tiefem

Schlaf, ich war allein mit Marie in diesem großen, leeren Haus, wir schliefen auf verschiedenen Etagen, die anderen Zimmer waren unbenutzt oder standen leer, das Arbeitszimmer ihres Vaters war ausgeräumt, die Umzugskisten bereit, aus dem Haus geschafft zu werden. Nicht ein Geräusch war im schläfrigen Haus zu hören, ich spitzte meine Ohren, aber da war nichts, kein Knarren, nicht einmal ein Rascheln, Marie hatte sich noch nicht in ihrem Bett gerührt, ich wusste, sie schlief über mir, und diese Entfernung, die uns trennte, diese eine Etage, die zwischen uns lag, dieses winzige Hindernis war der subtile Stachel, der sie mir umso begehrenswerter erscheinen ließ. Statt einfach die Hand auszustrecken, um sie beim Aufwachen sanft am Arm zu streicheln, musste ich mir ihre Anwesenheit oben eine Etage höher vorstellen, sie in meinem Geist erschaffen. So, hinter meinen geschlossenen Augen, nahm sie schrittweise Gestalt an, löste sich langsam aus ihrer Verpuppung und erschien in meinem Geist, wie sie mit geschlossenen Augen in ihrem Bett lag, den Mund geöffnet, ihre Brust hob und füllte sich in steter Regelmäßigkeit, im friedlichen Rhythmus ihrer Atmung, ein Bein steckte unter der Decke, das andere ragte nackt nach draußen, das Laken klemmte eingerollt zwischen ihren Schenkeln.

Eines Nachmittags, wir waren schwimmen gegangen, nahm ich plötzlich eine fremdartige Luft in unserer kleinen Bucht wahr, ohne dass es mir gleich möglich gewesen wäre, genau bestimmen zu können, worin der Unterschied im Vergleich zu den anderen Tagen zuvor bestand. Ich hockte auf den Felsen und beobachtete Marie, die am Meer entlangspazierte. Das Meer war grau, erstreckte sich weit unter dem verschleierten Himmel. Das Wasser bewegte sich kaum, war undurchsichtig, etwas beängstigend, wie dunkles Blei- oder Lavagrau in einem künstlichen Wasserbecken in der Nachbarschaft eines Atomkraftwerks. Wir schwammen in diesem dickflüssigen, warmen und öligen Meer, das unseren Körpern kaum Erfrischung brachte, ich hielt mich hinter Marie, weil sie Quallen entdeckt hatte und mit ihrer Taucherbrille vor mir herschwamm, mir einen Weg durchs Wasser vorzeichnete, damit ich den Quallen ausweichen konnte, wobei sie sich immer wieder zu mir umdrehte und mir mit dem Finger ihren jeweiligen Standort zeigte, dies mit einer unverhohlenen Freude (je näher wir der Gefahr kamen, desto fiebriger bewegte sich ihr Finger zu ihrem höchstem Vergnügen). Aus dem Wasser gestiegen, ließen wir uns auf den Felsen trocknen und schauten auf das graue Meer hinaus, das vor uns in dieser Endzeitstimmung hinplätscherte. Es war drückend schwül, die ganze Atmosphäre stickig, man spürte die Nervosität der Insekten, die auf unserer Haut festklebten. Es gibt solche Tage gegen Ende des Sommers, an denen die Hitze von morgens bis abends wie statisch auf dem Körper lastet und ihn wie ein Mantel umschließt und den Geist in eine trübe Starre versetzt, und ich kam schließlich zu der Erkenntnis, dass das, was die Bucht heute für mich so fremd erscheinen ließ, nur dadurch zu erklären war, dass es weit und breit in der Landschaft kein Blau mehr zu sehen gab. Als hätte einer mit einem Bildbearbeitungsprogramm, mit dem eine Farbe komplett entfernt werden kann, das Blau vollständig aus der Landschaft getilgt, ohne die übrige Farbpalette in irgendeiner Weise zu beeinflussen. Das Blau war verschwunden, das gewohnte Blau, das strahlende Blau, das blendend helle Blau des Himmels und des Meeres, das endemische Blau des Mittelmeers hatte sich aus der Natur verabschiedet. Überall nur weiße, wolkige, mit Licht gesättigte Hitzeschleier. Nicht der geringste Wind regte sich, kein Lufthauch, nichts, nicht die leichteste Brise, die eine Binse in der Bucht sich sanft hätte wiegen lassen – als wollte der Wind seine Kräfte für den Sturm sammeln, der in dieser Nacht losbrechen würde.

In dieser Nacht erschien Marie etwa gegen vier Uhr morgens in meinem Schlafzimmer, sie riss brutal die Tür auf und trat barfuß und im T-Shirt ein, verwirrt und aufgeregt kam sie zu mir ans Bett und erklärte mir, dass es im Garten Rauch gebe, dass es vor dem Anwesen brenne. Ich streifte mir eilig eine Hose über und folgte ihr auf die Terrasse, wo wir in einem Gestöber aus Staub durch die Nacht irrten. Heftige Windböen hatten bereits die schwarzen eisernen Esstischstühle umgeworfen, sie zum Teil bis auf die Auffahrt hinausgeblasen. Die Leinenbezüge der Liegestühle flatterten mit lautem, scharfem Knallen im Wind. Ich rannte ums Haus herum und versuchte herauszufinden, woher das Feuer kam, sah aber nichts, die Nacht war schwarz und windig und undurchdringlich, die Bäume gruben sich in die Finsternis und bogen sich im Gleichklang mit den sich windenden Ästen und wirbelnden Blättern. Auf der Terrasse war jetzt Rauch zu erkennen, ein paar leichte und ganz feine, vom Wind herbeigetragene Schwaden, die schwebend durch die Luft irrten. Ich beeilte mich, die Gasflaschen hinten im Garten abzudrehen, und half dann Marie, den Gartenschlauch auszurollen, ihn ganz in die Länge zu ziehen, hinüber zu den Fenstern, um das Haus zu verteidigen. Marie rannte auf der Terrasse von einem Fensterladen zum nächsten, um ihn zu schließen. Sie hatte den Schlauch genommen und ging um das Haus herum, spritzte Wasser auf die Hausmauer in der Nacht, spritzte lange auf die Fensterläden, damit sie gut mit Wasser getränkt wurden, zog heftig an ihrem Schlauch, wenn der sich irgendwo auf dem Boden hinter ihr verhakt oder Knicke bekommen hatte. Schließlich richtete sie den Wasserstrahl noch auf das erste Stockwerk, und das Haus troff unter dem Guss. Wasserschlieren liefen überall an der Hausfassade herunter, und das abgeblätterte Holz der Fensterläden schimmerte nass in der Nacht.

Wir wussten nicht, aus welcher Richtung das Feuer kam, ob es sich dem Anwesen näherte oder sich davon entfernte. Wir hatten nicht die geringste Ahnung, das Feuer war noch eine abstrakte und ferne Vorstellung, sodass uns plötzlich wirklicher, unvorstellbarer und unbeschreiblicher Schrecken erfasste, als mit einer heftigen, von Nachhall begleiteten Explosion das Feuer oben auf dem Bergkamm erschien, der Druck der Explosion setzte eine enorme Energie frei, das war keineswegs das Flämmchen, das ich erwartet hatte, ein einzelner brennender Busch irgendwo hinten in unserem Garten, vielmehr eine regelrechte Feuersbrunst, die da oben vom Bergrücken auf uns zurollte, lebhaft, kraftvoll, gezackt, in der Nacht grell aufleuchtend in einem lauten, aufbrandenden Flackern roter, gelber, orangener und kupferner Farben, aus dem schwarz wallende Wolken quollen und in den Himmel hochwirbelten. Selbst wenn uns noch gut dreihundert Meter von der Feuersglut trennten, spürten wir augenblicklich die Hitze des Feuers, sein Licht und seine Kraft, seinen Geruch, sein Grollen und seine Geschwindigkeit, die Flammen hatten schon begonnen, sich mit knisterndem Lärm den Hang hinunter einen Weg zu fressen, direkt auf uns zu, die wir mit dem Atem zu kämpfen hatten. Auf der Stelle ließen Marie und ich den Gartenschlauch los, ließen ihn einfach auf die Erde fallen, eingerollt, zusammengesackt, das Wasser rann weiter auf den Terrassenboden, und rannten zum alten Lieferwagen, der in der Auffahrt geparkt war, Marie nur mit T-Shirt und ihren lädierten Sandalen, die sie irgendwie noch überstreifen konnte, die sie aber beim Rennen eher behinderten, als dass sie ihr hilfreich waren, und ich in meinen alten Leinenschuhen, mit nacktem Oberkörper und Leinenhose. Marie hatte sich ans Steuer gesetzt und raste geradewegs in eine Wolke aus Asche und Staub. Vor uns im Scheinwerferlicht erschienen die geisterhaften Umrisse der Straße, massive Sträucher bogen und wanden sich wellenförmig in der Dunkelheit, als wir an ihnen vorbeifuhren.

In Höhe der kleinen weißen Brücke bremste Marie plötzlich ab und hielt an, sie drehte sich auf ihrem Sitz um, legte den Rückwärtsgang ein und bog entschlossen auf den Feldweg ab, der zum Reitclub führte. Wir waren noch keine zehn Meter durchs Unterholz gefahren, als wir von einem dichten Vorhang aus Rauch gestoppt wurden, der den Weg versperrte, aber Marie wurde nicht langsamer, sie fuhr weiter, mitten hinein in den Vorhang aus Rauch, der zuerst weiß, leicht und flüchtig war, dann immer schwärzer und dichter wurde, ein undurchdringlicher, bald nicht mehr einzuatmender Rauch, Feuergestank drang bis ins Innere des Autos. Im grellen Scheinwerferlicht war nun nichts mehr außer Rauch zu erkennen. Am Wegrand stand ein gelber Einsatzwagen des Brandschutzes. Marie antwortete nicht mehr auf meine Fragen, mit beiden Händen an das Lenkrad geklammert, fuhr sie noch einige Dutzend Meter weiter, und als es unmöglich wurde, weiterzufahren, hielt sie an, riss die Tür auf und setzte den Weg zu Fuß im Rauch fort. Ich versuchte, sie zurückzuhalten, ich lief hinter ihr her, sie folgte dem Weg in langen Schritten, rannte fast durch den dicken Rauch, der den Weg fest eingehüllt hatte. Es gab keinen Horizont mehr, keine Vegetation, auch der Weg war verschwunden, wir waren von allen Seiten von Rauch eingeschlossen. Als Marie den Reitclub erreichte, packte mich die Angst, ich schrie hinter ihr her, bat sie, zurückzukommen, aber sie antwortete nicht, lief einfach weiter, nach vorne gebeugt, das T-Shirt nach oben gestreift und vor ihr Gesicht haltend, mit nacktem Körper, denn sie trug nichts darunter. Mehrere kleinere Hütten des Pferdehofs standen in Brand, ein Schuppen brannte lichterloh. Man hörte Schreie, hektisches, wirres Treiben drang aus den abgeschlossenen und unzugänglichen Pferdeställen, in denen tierische Schatten sich aufgeregt bewegten, raues und verzweifeltes Wiehern, in einem Ton, der fast menschlich klang, aber für Menschenohren nicht zu ertragen war.

Wir kämpften uns weiter durch Rauchschwaden und erkannten plötzlich vor uns, nur einen Meter vor einem der brennenden Pferdeställe, Peppino, mit einem Taschentuch vor dem Mund versuchte er ein in seiner Box festgebundenes Pferd zu befreien, das wild um sich ausschlug und niemanden an sich heranließ. Als das Dach des Stalls sich schrittweise zu neigen begann und mitsamt Balken und Wellblech einzustürzen drohte, warf sich Peppino ins Innere des Stalls, verschwand einen Augenblick in dem dichten schwarzen Rauchteppich und kam dann mit dem Pferd heraus, Mann und Pferd in der Nacht umgeben von einem Strahlenkranz aus Feuer, die Flammen züngelten um sie herum, ein Lichthof aus Funken und weißglühenden Teilchen umschloss ihre ängstlich-verstörten Gestalten. Das Pferd hatte schwere Verbrennungen, die Haut hatte sich stellenweise abgelöst, das Muskelfleisch schaute hervor, schwärzliche, sirupartige Melasse lief die Flanken hinunter. Peppino rannte neben ihm her und versuchte, es zu beruhigen, und brachte es hinter den Feuerwehrwagen in Sicherheit. Dort waren bereits acht weitere Pferde an einem Tankwagen festgebunden, mit einer gemeinsamen Leine, aneinandergebunden, aber ständig in Bewegung, in alle Richtungen ausbrechend, gegeneinanderstoßend, sich um sich selbst drehend in einem Gewoge aus Schweifen und bebenden Mähnen, eine kopflose, bewegliche, kompakte Masse, das Fell erglänzend im Widerschein des Feuers, aufgewiegelt durch eine ständig neu entfachte

Welle animalischer Nervosität. Sie drängten sich aneinander, wirbelten herum, wichen zurück, stoben wieder auseinander, wurden von der Leine gebremst, zerrten am Tankwagen, bis der aus dem Gleichgewicht geriet und die Räder sich aus dem Staub hoben. Überall im Reitclub waren noch Feuerherde, Hütten standen in Flammen, Scheunen, Stallungen, und selbst der Boden, das Gras brannte an einigen Stellen, und Marie rannte plötzlich zu Peppino hinüber. Sie überquerte im Zickzack ein Grasstück, über dem Schwaden violetten Qualms in der zitternden Luft der Nacht hingen. Marie rannte in direkter Linie, ohne von ihrem Weg abzuweichen, auf Peppino zu, lief durch Feuer, das über den Boden kroch, hob ihre Sandalen an, beschleunigte den Schritt, rannte weiter, hüpfte auf der Stelle, weil sie sich die Füße verbrannt hatte, aber als Peppino sie kommen sah, machte er wütend und außer sich heftige Zeichen mit dem Arm, dass sie zurückbleiben solle, und Marie machte kehrt, wusste nicht mehr, wohin sie wollte, verwirrt, wie sie war, mit verbrannten Fußsohlen lief sie im Kreis. Ein Feuerwehrmann, der sie gesehen hatte, rannte ihr hinterher und fing sie ein, schützend seinen Arm um sie gelegt, während sie sich an seine dicke Lederjacke schmiegte, brachte er sie zu mir zurück.

Der Feuerwehrmann hatte mir befohlen, sofort das Gelände zu verlassen, und ich versuchte mit Marie wieder zum Auto zu kommen, sie lief an meiner Seite, den Arm wie ein Schutzschild vor dem Gesicht. Sie hustete und spuckte, taumelte durch den dichten Rauch und fiel hin. Ich half ihr auf, schob ihren Arm auf meine Schulter und zog sie mit mir mit, sie lief nicht mehr, ihre Beine rutschten neben mir durch den Staub und ihre Sandalen schrappten über Staub und Steine. Ich öffnete die Wagentür und ließ sie auf den Sitz fallen, ihr Körper sackte kraftlos in sich zusammen und rutschte den Sitz hinunter, ich hob sie wieder hoch, stützte sie, holte ihren linken Arm, der auf dem Feldweg hing, in den Wagen und schloss die Tür. Ich nahm hinter dem Lenkrad Platz und startete den Wagen. Da es nicht möglich war zu wenden, fuhr ich geradeaus, zurück zu den Reitställen. Peppino und die wenigen noch anwesenden Feuerwehrleute hatten die Verteidigung des Reitclubs aufgegeben – es war zu spät, es war so gut wie alles niedergebrannt –, sie hatten sich in den Schutz des Tankwagens zurückgezogen und sahen mich sprachlos verblüfft vorbeifahren, während die Pferde zu wiehern begannen und wild um sich schlagend versuchten, mir in einem Wirbel von Schweif und Mähnen zu folgen. Ich drehte eine weite Kurve auf dem Parkplatz und fuhr in entgegengesetzter Richtung aus dem Reitclub hinaus, beschleunigte im Staub.

Ich verlangsamte meine Fahrt nicht, sondern drückte noch stärker aufs Gaspedal, fuhr ohne Rücksicht auf Schlaglöcher und Fahrrinnen und andere Hindernisse über den Feldweg, ließ das Lenkrad nur los, wenn ich den Körper von Marie abstützen musste, der gegen meine Schulter oder brutal nach vorne zur Windschutzscheibe fiel, und ich sie an ihrem T-Shirt packen musste, um sie wieder nach hinten in ihren Sitz zu ziehen und sie dort festzuhalten. Ich wusste nicht, ob sie noch bei Bewusstsein war, fuhr weiter durch den Nebel, sah nichts außer dem grellen Licht der Scheinwerfer, überall war nur blendender Rauch oder totale Dunkelheit. Am Ende des Wegs angekommen, bog ich ab in Richtung Portoferraio und folgte der gewundenen Straße entlang der Küste. Der Wind vom Meer ließ die Türen des alten Lieferwagens erzittern, und einige stärkere Windböen drückten uns von der Straße auf den Seitenstreifen. Ich beschleunigte weiter und sah beim Vorbeifahren, wie die Sträucher am Straßenrand sich krümmten und die Zweige sich im Licht der Scheinwerfer hin und her bogen, das Gestrüpp erzitterte und sich wölbte. Mit nacktem Oberkörper saß ich hinter dem Lenkrad, die Augen gerade nach vorn gerichtet, wirr, vom monotonen Abspulen der Straße wie hypnotisiert. Auch als mir ein Fahrzeug entgegenkam, ging ich nicht vom Gas herunter, blendete auch nicht ab, unsere Kotflügel berührten sich leicht, ich kam von der Straße ab, wurde hin und her geschüttelt auf dem Splitt am Rand des Abgrunds. In der Ferne erkannte ich die dunklen Umrisse der mächtigen Felswand, die an der Küste mit ihren gefalteten Abhängen schroff ins Meer abfiel, wie versteinerte Abbilder von Modellen aus Maries Haute-Couture-Kollektion, mit ihren bizarr geformten Drapierungen, ihren Fältungen, übereinanderliegenden Schichtungen, ihren vertikalen Kanten und Felsaufbauschungen, so wie hier der Wind sie geformt und der Sturm sie ausgehöhlt hatte. Ich hörte das Meer unter mir donnern, schwarz, riesig, stürmisch brauste es in wütendem Schäumen, ich fuhr weiter entlang der gezackten Küste, im Schlepptau jenes Gefolge geisterhafter Kleider aus vulkanischem Gestein, lava- oder magmafarbene Kleider, in denen sich die Finsternis des Basalts mit dem metamorphen Gestein vereinigt, eine Kombination aus Granit und Porphyr, Ophiolith, Cipollin und Kalkstein, Pailletten aus Mica und Adern aus Obsidian.

Marie saß zusammengesunken neben mir in ihrem Sitz, niedergeschlagen, mit leerem Blick, willenlos wurde ihr Körper durchgeschüttelt, ihre Schultern schaukelten von links nach rechts im Rhythmus der Kurven. Ihr T-Shirt war schwarz von Rauch, befleckt mit Erde, Gras, Staub und Fingerabdrücken, an vielen Stellen hatten sich Asche und Glut wie ausgebrannte Augenringe in den Stoff gebohrt. Sie trug nur noch eine Sandale, Rußschlieren überdeckten das grüne Plastik des Zehenriemchens, die Margerite war kohlschwarz, moribund und restlos entblättert. Das T-Shirt hing ihr quer über den Körper, eine Schulterseite und die Schenkel waren entblößt, aber ihre Nacktheit hatte nichts von ihrer sonstigen Unbekümmertheit, nichts Leichtes, ihr Köper war übel zugerichtet, es musste für sie demütigend sein, ohne Slip hier im

Wagen zu sitzen. Marie liebte es, nackt herumzulaufen, aber Nacktheit passte zum Meer und zur Luft und eben nicht zum Feuer, das sie unangenehm, wenn nicht unerträglich werden lässt. Ich durchwühlte schnell das Handschuhfach, fand aber nichts, was ihre Nacktheit ausreichend hätte bedecken können. Ich fuhr langsamer, hielt an einem Felsvorsprung an, der über das Meer ragte. Ich hatte einige Schwierigkeiten, aus dem Auto zu steigen, da der Wind mit aller Kraft gegen die Tür wehte, sodass das Blech ächzte, ich musste mich schließlich durch einen schmalen Spalt aus dem Auto zwängen. Ich machte einige Schritte im stürmischen Wind, zog erst meine Hose und dann meine Boxershorts aus. Und stand nackt da, vor dem Abgrund, im grellen Licht der Scheinwerfer. Ich nahm Maries Silhouette im Wagen wahr, sah unter mir das Meer, sah die vom Wind wild gepeitschten Schatten der Vegetation. Dann zog ich meine Hose wieder an, zerrte die Autotür gegen den Wind auf, quetschte mich schnell in den Wagen und hielt Marie meine Boxershorts hin (da, zieh das an, sagte ich, du wirst begeistert sein). Marie blickte erst verständnislos auf meine Boxershorts, und dann lächelte sie mich an, schenkte mir ein schüchternes Lächeln der Dankbarkeit. Sie nahm die Boxershorts und streifte sie über, während ich wieder in die Nacht hinein startete.

Etwas weiter musste ich anhalten, weil die Straße gesperrt war, aufblitzende Blaulichter drehten sich lautlos in der Nacht. Ich stieg aus dem Wagen und ging zu der kleinen Menschenansammlung hinüber, die sich auf der Straße um die Feuerwehrwagen herum gebildet hatte, Marie, die wieder eingeschlafen war, ließ ich in dem alten Lieferwagen zurück. Das Feuer konnte nicht mehr weit sein, man sah schon den orangefarbenen Lichtschimmer im Unterholz oberhalb der Straße, Funken stoben hier und da empor. Die Feuerwehrmänner hatten eine Feuerspritze in Stellung gebracht, die mitten auf der Straße Wasser verlor, etwa ein Dutzend Camper beobachteten sie schweigend hinter einer Sicherheitsabsperrung, die Helfer des Roten Kreuzes aufgestellt hatten. Sie mussten vom benachbarten Campingplatz evakuiert worden sein, eilig aus ihren Zelten geholt, standen sie jetzt hier untätig herum, sahen aus wie Flüchtlinge, Mädchen in Nachthemden mit ein paar lächerlichen Sachen unter den Arm geklemmt, Kulturbeutel, Wasserflasche, Tischtennisschläger. Ich irrte eine Weile zwischen ihnen auf der Straße herum, näherte mich dann einem der Feuerwehrmänner, der einem auf einer laufenden Vespa sitzenden Mann in Shorts etwas erklärte. Der Feuerwehrmann, mit Helm und silberner Nackenkrause, erklärte ihm, dass das Feuer gerade auf den Monte Capannello übergreife und ein Brandherd auf dem Monte Strega noch aktiv sei, das Feuer habe Voleterraio bereits erreicht, zwei weitere Täler stünden auch noch immer in Flammen. Ich lief weiter ziellos mit nacktem Oberkörper auf dieser verrauchten, das Meer überragenden Straße herum, als ein Helfer des Roten Kreuzes, den ich zuerst nicht wahrgenommen hatte, hinter mich trat und mir eine Rettungsdecke über die Schulter legte. Ich ließ es geschehen, reagierte nicht, bedankte mich nicht einmal (ich hatte mir keine Gedanken darüber gemacht, wie übel zugerichtet ich aussehen musste) und ging zum Wagen zurück. Ich nahm die Decke von meinen Schultern und breitete sie vorsichtig über die Schenkel von Marie, die in ihrem Sitz eingeschlafen war, deckte sie sachte zu.

Ich war umgekehrt und wieder Richtung Reitclub unterwegs, Marie hatte ein Auge geöffnet, sagte aber nichts, schaute nur starr auf die Straße. Ich fuhr langsam, fühlte mich leer, kraft- und willenlos. Der Wind hatte sich beruhigt. Der Tag brach an, noch war es nur ein Dunstschleier aus Morgennebel und Feuerqualm, der das Meer bis zum Horizont bedeckte. Als wir die kleine weiße Brücke wenige Kilometer vor Rivercina erreichten, bog ich im Schritttempo in den Weg ein, der zum Reitclub führte, ich fuhr sehr langsam, vermied Löcher und Fahrrillen. Die Sträucher am Wegesrand waren völlig versengt und schwarz verkohlt, scharfer Feuergeruch drang in den Wagen. Die Macchia hatte gebrannt wie trockenes Stroh, seit Jahren hatte man hier keine Vorsorge getroffen, das durch lange Monate der Trockenheit und nach der tropischen Hitze des August ausgedörrte Gestrüpp war nicht entfernt worden. Nichts war geblieben von der einst üppig blühenden Macchia, von Zistrosen und Schwarzdorn, von Myrte und Erdbeerbaum, alles erstklassiges Brennmaterial, reich an gut brennbaren Stoffen, die sich in Sekundenschnelle entzündet haben mussten. Ganz langsam fuhr ich in den Reitclub, Marie krallte sich an meinen Arm, ich konnte es physisch spüren, wie die Angst sie packte.

Das Gelände war geisterhaft verlassen, die Feuerwehrleute waren nicht mehr da, vor uns erhob sich der Hügel im grauen Morgenlicht wie eine Mondlandschaft, gemarterte schwarze Baumskelette reckten ihre gevierteilten Arme in die Luft, überall qualmte es, hier und da flackerte eine sterbende Flamme ein letztes Mal an einem verkohlten Ast auf, zog sich noch einmal hoch und erlosch, weil es nichts mehr zu verbrennen gab. Der Boden war über und über bedeckt mit einer dicken Schicht aus noch heißglühender Asche, eher weiß als grau, noch warm, an manchen Stellen schwelte und qualmte die Glut. Das Feuer war noch nicht ganz erloschen, am Fuße eines in sich zusammengefallenen Stalls kroch es noch am Boden, Reste Stroh glühten auf der Erde. Von den Gebäuden des Reitclubs stand nichts mehr, die Scheunen, die Hütten, alles war niedergebrannt, auf der Stelle Opfer der Flammen geworden, dem Boden gleichgemacht, es blieben nur noch verkohlte Trümmer, überall Schutthaufen und Berge aus verbogenem Blech, verbrannte Bretter, die am Boden zu Staub zerfielen. Wir waren aus dem Wagen gestiegen und schritten beklommen durch die rauchenden Trümmer hinüber zu dem kleinen Steinhaus, dem Empfang, dem einzigen Gebäude, das dem Feuer widerstanden hatte, als Marie einen Schrei ausstieß und sich die Hand vor die Augen hielt, mich am Arm packte, sie hatte im stillen grauen Licht des Morgens die drei großen weißen Leintücher auf dem Boden vor der Tür entdeckt, drei notdürftige Leichentücher, die Körper bedeckten, sicherlich keine menschlichen Körper, aber ohne Zweifel Kadaver, die Leichen verkohlter Tiere.

Wir traten in das kleine Steinhaus des Empfangs, innen war kein Licht, und wir bemerkten nicht gleich, dass da jemand war. Peppino lag im Dunkeln auf dem Rücken auf einer Sitzbank aus Stein, ein Knie angezogen, feuchte Kompressen auf den Augen, einfache Waschlappen, auf jedem Auge einen. Ich war mir nicht sicher, ob er uns bemerkt hatte, eine Zeit lang reagierte er nicht, aber dann zog er, ohne sich aufzurichten, immer noch auf dem Rücken liegend, die Kompressen von den Augen, erst die eine, dann die andere, und schaute auf uns, betrachtete uns schweigend. Sein Gesicht war schwarz vom Ruß, seine Kleider, sein Hemd, alles war schwarz – was das Hemd betrifft, war es ursprünglich nicht schwarz gewesen, hatte sich aber derart mit Ruß und Rauch vollgesogen, dass es jetzt schwarz geworden war. Wortlos drehte er sich und setzte sich auf, sah uns mit leerem Blick an. Seine Augen waren winzig, halb geschlossen, gerötet, entzündet, selbst seine Wimpern waren teilweise versengt und die Brusthaare verschmort. Nachdem er eine längere Weile geschwiegen hatte, fragte er mit kräftiger, ernst klingender, aber auch zittriger Stimme, die nur schlecht sein Gefühl verbarg, ob wir seiner Tochter begegnet wären, sie sei mit den geretteten Pferden weggegangen, um sie auf ein Feld zu bringen, das sie in der Gegend von La Guardia besaßen. Marie verneinte, wir waren niemandem begegnet. Er erhob sich nun schwerfällig, machte einen Schritt nach vorne, niedergeschlagen, zusammengefallen, und nachdem er ohne ein Wort Marie umarmt hatte, sagte er, es sei eine Katastrophe, drei Pferde hätten es nicht überlebt, und ein viertes hätte schwerste Verbrennungen, man müsse es wahrscheinlich erschießen, und dann, einer im Arm des anderen, fingen sie beide an zu weinen, Tränen flossen in weißlichen Schlieren über die schwarzen Wangen von Peppino, der sie mit seinen großen rußgeschwärzten Händen ungeschickt wegzuwischen suchte, was nichts half, nur noch neues Schwarz dem Schwarz hinzufügte.

Zurück auf Rivercina, haben wir uns schlafen gelegt. Das Feuer hatte einen großen Teil des Gartens zerstört, aber das Haus war verschont geblieben. Ich lag mit offenen Augen still im Bett meines Schlafzimmers und hörte über mir Marie, ich hörte ihre Schritte auf dem Fußboden ein Stockwerk höher, ich hörte das charakteristische leise Knarren der Tür des Kleiderschranks, wenn sie geöffnet wurde, und ich wusste, dass sie sich jetzt ein T-Shirt zum Schlafen aussuchte, aber dann hörte ich, wie sie das Zimmer verließ, hörte ihre Schritte auf dem Flur, glaubte zuerst, sie würde ins Badezimmer gehen, aber sie ging weiter, begann die Treppe herunterzusteigen, Marie kam die Treppe herunter, ins Erdgeschoss, und ich hörte, wie sie durch das Wohnzimmer ging, ich hörte die sich nähernden Schritte, und ich sah, wie sich meine Schlafzimmertür öffnete und Marie vor mir in der Dunkelheit erschien, als habe sie sich aus dem Reich meiner Träume verabschiedet, um hier in Fleisch und Blut in meiner Wirklichkeit zu erscheinen, als habe sie den Limbus meiner Phantasie verlassen, wo ich mir gerade vorstellte, was sie tat, denn jetzt stand sie hier vor mir als Wirklichkeit aus Fleisch und Blut. Marie durchquerte barfuß das Zimmer und schlüpfte zu mir ins Bett, schmiegte sich an mich. Ich spürte ihre warme Haut an meinem Körper. Der Tag hatte noch nicht richtig begonnen auf Rivercina, und wir drückten uns aneinander im Bett, umschlangen uns im Halbdunkel, um unserer Anspannung Herr zu werden, die letzte Distanz, die uns noch trennte, schmolz dahin, und wir liebten uns, wir haben uns sanft geliebt im morgendlichen Grau des Schlafzimmers – und deine Haut und dein Haar, Liebling, rochen noch stark nach Feuer.